LA DAME
QUI AIMAIT
LES TOILETTES PROPRES

DU MÊME AUTEUR

L'Homme de gingembre
(Olympia Press, 1955 & Folio, 1979)
Un homme singulier
(Denoël, 1971)
Les Béatitudes bestiales de Balthazar S.
(Denoël, 1973 & Folio, 1977)
Mangeurs d'oignons
(Denoël, 1976 & 10/18, 1995)
Un conte de fées new-yorkais
(Denoël, 1977 & Folio, 1978)
La Sale Saison de Samuel S.
(Denoël, 1979)
Le Destin de Darcy Dancer, gentleman
(Denoël, 1983 & 10/18, 1995)
Le Tennis de Alfonse
(Denoël, 1986)
Mon Irlande : avec tous ses péchés et certaines de ses grâces
(Denoël, 1987)

J. P. Donleavy

LA DAME QUI AIMAIT LES TOILETTES PROPRES

Chronique d'une des plus étranges histoires colportées dans les environs de New York

Traduit de l'anglais par
Pierre Guglielmina

Calmann-Lévy

Titre original anglais :
THE LADY WHO LIKED CLEAN REST ROOMS
Première publication : Abacus
(Little, Brown and Company, Bretthenham House,
Lancaster Place, Londres), 1997

ISBN 2-7021-2819-X

Puisque tout le monde obéit aux tendances et impératifs de la mode, on ne sait jamais ce qui va se passer à New York ou dans les environs, et particulièrement sous les cieux d'une banlieue comme Scarsdale. Mais sa plus grande contrariété tenait au fait qu'elle aurait pu plonger dans un marasme si profond qu'en sortir eût été à jamais impossible.

Le jour où elle ressentit cela avec le plus d'intensité fut celui de son quarante-troisième anniversaire. Elle avait acheté une bouteille de vodka polonaise, l'avait mise à glacer, avait fait givrer une carafe et, tout en écoutant le *Requiem* de Fauré, avait passé deux heures à la siffler, en l'accompagnant d'un pâté de sardines concocté par ses soins, avec ail et fromage frais, tartiné sur du pain de seigle. Mais elle avait fini par être tellement ivre qu'elle se retrouva à minuit assise avec un fusil de chasse chargé sur les genoux, ayant entendu, lui semblait-il, des bruits bizarres autour de la maison. Puis, en voyant une bande de prétendues célébrités à l'air réjoui débiter leurs conneries à la télévision et en se souvenant qu'on lui avait raconté un jour comment, après avoir pas mal éclusé, des téléspectateurs avaient éteint leur télévision, elle avait libéré le cran de sûreté et braqué son Purdey au milieu de l'écran, puis envoyé les deux salves de son calibre 12. Et elle s'était répété à elle-même, tandis que les étincelles et les flammes jaillissaient à travers la fumée :

« La vengeance, voilà ce que je veux. Rien d'autre que la vengeance absolue. Mais ma mère m'a élevée pour que je sois une dame. »

Son psychanalyste avait déclaré que tout le monde faisait exploser sa télévision à New York, et trouvé très encourageante sa décision récente de suivre la mode. Car à la suite de son divorce d'avec un mari fort et silencieux, qui n'était ni vraiment fort ni vraiment silencieux, mais avait au moins le mérite de ne pas la battre, elle était devenue totalement dépendante de la télévision et vivait pratiquement en recluse. Et comme son compte en banque avait fondu, elle laissait l'herbe pousser en été et les feuilles s'entasser en hiver. Mais elle s'efforçait de rester en forme grâce à une bicyclette d'appartement et des haltères de dame, en mangeant essentiellement de la salade et des fruits. Elle avait l'impression de ne devoir sa survie spirituelle qu'à ses visites bimensuelles à des ventes aux enchères d'antiquités, aux galeries d'art en ville et aussi à l'observation des écureuils s'ébattant dans le voisinage et de leurs manœuvres pour amasser leurs réserves de nourriture pour l'hiver.

Il y avait également l'étrange fille enfermée qui avait peut-être quelque chose de dérangé au cerveau et vivait juste à côté, apparaissant à travers les branches des arbres à différents stades de nudité, lui faisant signe de la main au moins deux fois par jour depuis la fenêtre de sa chambre, et à laquelle elle avait répondu d'un air encourageant. Mais la joie de ce contact humain un peu incertain avec une créature d'ailleurs séduisante et dotée d'un sens de l'humour un peu macabre ne fut pas de longue durée : un jour, la fille leva ses deux mains que reliait une paire de menottes. Quand elle alla finalement frapper à la porte de cette voisine qu'elle n'avait jamais rencontrée, cette porte fut à peine entrouverte puis claquée pour ne laisser entendre qu'un grognement :

« Mêlez-vous de ce qui vous regarde. »

La seule chose qui, pensait-elle, l'empêchait d'avaler un tube de somnifères, c'était les cogitations non expurgées qui lui traversaient l'esprit, comme celui, sûrement, d'un sacré nombre de personnes dans tout Scarsdale. Particulièrement quand elle en voyait quelques-unes de près à la gare, le matin, lors de ses visites aux galeries. Il semblait que le jeu consistait à avoir l'air important. Mais sans laisser deviner ce que vous pensiez vraiment, à savoir que vous étiez un trou du cul. Son psychanalyste avait dit que lorsque vous faisiez savoir aux gens que vous étiez un trou du cul, c'était que vous étiez vraiment perturbé sur le plan émotionnel.

Elle était, comme elle l'avait raconté à son psy, pur Mayflower* et en fait à moitié

* Familles qui remontent aux fameux « Pilgrim Fathers » arrivés sur le continent américain à bord du Mayflower en décembre 1620. *(N.d.T.)*

admise dans le monde, de par sa mère qui, ayant grandi dans une plantation du Sud, l'était totalement. Mais son mariage avec son père, qui ne l'était pas, lui, avait eu pour effet de l'exclure du bottin mondain. Et ce vestige de supériorité, arraché avant même sa naissance, lui avait toujours donné le sentiment de posséder une tournure d'esprit bien à elle et la possibilité d'épouser quelqu'un d'inacceptable. Ce que, dans son état de solitude présent, elle regrettait vraiment, en pensant à ses deux enfants presque adultes et absorbés par leurs études. Elle avait été terrassée d'entendre son fils dire à sa fille, lors de leur ultime visite :

« Au moins, Papa a une vie marrante maintenant. »

Elle s'était éclipsée comme une lépreuse en l'entendant et n'avait pu s'endormir qu'après avoir pleuré toutes ses larmes de désespoir. Son mariage s'était défait au moment où son producteur de télévision de mari, commençant à devenir chauve et à prendre du poids, avait conçu un jeu télévisé à mourir de rire et envisagé l'installation d'un héliport sur la pelouse. Toutefois, il avait atterri ailleurs en rencontrant une jeune productrice associée qui, selon les ragots des chroniques mondaines, était non seulement l'ex-*cheerleader** d'une équipe universitaire de football du fin fond du Mississippi, mais aussi Phi Beta Kappa, et arborait, à l'âge de vingt-cinq ans, des seins fermes, de grandes dents blanches et des jambes et un cul à l'avenant.

Ayant passé près de deux mois en « nuits de tournage », comme il disait, Steve avait purement et simplement débarqué après avoir bien bu et l'avait sciée en lui révélant qu'il avait pris un appartement en ville sur la 67e rue Ouest, était amoureux et voulait divorcer. Elle s'était immédiatement ressaisie, s'assurant qu'elle lui placerait au passage, tout en se montrant raisonnable, un ou deux bons coups au plexus.

« Steve, ne prends pas cet air meurtri et ennuyé pour m'avoir fait du mal. Tu as envie de chair fraîche. C'est normal. Je ne vais pas me plaindre. Ni essayer de te nettoyer de tout ce que tu possèdes.

— Eh chérie, holà, tu sais bien que je n'ai pas grand-chose.

* Jeune fille qui danse sur le bord des terrains de football pour encourager les applaudissements en faveur de son équipe. *(N.d.T.)*

— Tu as déjà deux enfants à charge. Contente-toi de payer toutes les factures jusqu'à la fin de ce mois-ci. Donne-moi cent soixante-cinq mille dollars en liquide, la maison avec le reste du crédit payé et, à l'exception de tes affaires personnelles, tout le mobilier. Bien entendu, le Edward Hicks, les *objets d'art** que ma grand-mère m'avait donnés et l'argenterie ont toujours été à moi. Et toi, Steve, tu peux dévorer toute la chair fraîche que tu voudras, aussi longtemps qu'elle et toi ne pointez jamais vos têtes au country club tant que j'en suis membre et peux avoir l'envie de jouer au bridge et d'y passer en toute respectabilité mes vieux jours de femme à seins pendants. Oh, tu peux aussi prendre l'aquarium avec tes piranhas, que j'ai nourris. »

Elle avait retiré ses bagues et les lui avait jetées à travers la pièce. Steve était assis comme s'il avait été électrocuté sur place, et il s'était tourné brusquement pour regarder quelque chose qui lui aurait rappelé qu'il était encore vivant. Il avait vu, dans leurs cadres d'argent, les photos des enfants sur le piano, de chaque côté de leur

* En français dans le texte.

photo de mariage, avait enfoui son visage dans ses mains et éclaté en sanglots. Puis, comme s'il cherchait un réconfort, il s'était levé, avait traversé le tapis qu'elle allait aussi garder et, au moment où il s'était penché pour l'embrasser, elle lui avait balancé un autre coup.

« Ne pose pas tes sales pattes dégueulasses sur moi. »

Elle avait toujours pensé que les fortes températures émotionnelles faisaient dire des choses stupides, qui sortaient à présent de la bouche de Steve au lieu de la sienne. L'accusation, par exemple, selon laquelle sa mère, qui n'avait jamais cru qu'il était assez bon pour elle, essayait de faire réintégrer sa famille à elle dans le bottin mondain. Et que personne de son côté à elle n'aimait entendre dans quelle université il était allé.

Bien sûr, pour elle qui avait fréquenté Bryn Mawr, conformément à l'idée que les femmes intelligentes méritent une éducation aussi rigoureuse et stimulante que celle proposée aux hommes, rien ne pouvait être plus ridicule. Et qui, de nos jours, pouvait avoir quelque chose à foutre de cette longue liste de noms pratiquement anonymes du bottin mondain, même s'ils étaient enregistrés au Bureau des brevets? Enfant, elle avait feuilleté l'exemplaire défraîchi de sa mère pour s'arrêter sur le tout petit dessin d'un yacht avec la fumée qui sortait de la cheminée et qui donnait avec les mots « à bord » les adresses de ces gens. Et c'était ça qui lui avait fait comprendre que des gens plus riches que les autres pouvaient refaire le monde à leur convenance. Ce qui, à présent et à l'avenir, serait pour elle définitivement impossible.

Elle avait caressé l'idée d'aller vivre dans une petite ville plus au nord de l'État de New York ou dans le Connecticut, un endroit avec une brigade de pompiers volontaires, un bazar et quelques péquenauds dont l'authenticité simple l'aurait émerveillée. Mais d'une certaine manière, les choses étant ce qu'elles étaient pour le moment et Steve lui ayant donné ce qu'elle voulait, plus sa sympathie, elle pensait qu'au moins cela n'empirerait pas, si elle ne s'éloignait pas trop de son univers familier.

À Scarsdale, elle était toujours membre d'un country club plus que huppé où elle pouvait aller jouer au tennis ou au golf, ou bien dîner avec une amie, ou encore retrouver des relations plus âgées pour un bridge. Tout cela l'aiderait à contrôler son excentricité grandissante. Être assise seule dans une grande maison à la tombée de la nuit la portait à des moments de vacillation en ce qui concernait le choix entre la vie et la mort, et c'était pénible, particulièrement pénible. La seule pensée qui la consolait étant : « Pourquoi donc m'inquiéter tant de moi, moi, moi alors que le monde entier est en train de s'empoisonner avec des niveaux d'irradiation sans cesse croissants et des épidémies vénériennes qui déboulent de partout et vous font frissonner, frissonner, frissonner ? »

Il y avait aussi des journées au cours desquelles elle retrouvait le moral et pensait que la vie, après tout, ne l'avait pas si mal traitée. Au moins, la maison dans laquelle elle avait vécu neuf ans était construite dans la brique la plus solide et les termites n'avaient pu l'attaquer. De là, elle pouvait conduire jusqu'à la gare, laisser sa voiture au parking et prendre un train agréablement vide de milieu de matinée pour aller en ville visiter les salles de vente et les musées. Tout ce qu'elle avait à faire pour sa tranquillité d'esprit, c'était s'assurer de ne pas être assise du côté où l'on voyait la pancarte de la fabrique de cercueils.

Un type, qui était dans l'immobilier et à qui elle avait fait appel à un moment de soudaine détresse pour qu'il fît une estimation de la propriété, avait déjà, alors qu'ils traversaient l'office, essayé de lui toucher les fesses et, de son bras le plus musclé, elle lui avait envoyé un bon gauche dans les côtes. Elle avait pensé que sa réaction était un signe de ménopause mais son médecin, qui était une femme, l'avait assurée qu'elle était, d'un point de vue physiologique, d'une féminité tout à fait enviable, et qu'elle pouvait procréer une nouvelle famille si elle en avait envie. Avec un sourire, elle avait répondu :

« Moi, pas envie. »

Pauvre comme elle l'était désormais et le devenant chaque jour davantage, elle avait considéré avec un cynisme un peu perplexe le fait que Scarsdale était souvent estimée comme une des plus riches communautés des États-Unis et comptait de surcroît plus d'une poignée de figures de la haute société. Elle se demandait s'ils oseraient jamais, comme le faisaient les Irlandais le jour de la Saint-Patrick, défiler en queuede-pie et cravate blanche, haut-de-forme et robe de bal pour une parade sur la 5e avenue.

Mais à présent, au terme de cette longue usure des sentiments mis au rebut, elle avait au moins appris comment faire face, en se découvrant notamment un intérêt pour l'architecture Art nouveau et pour ses habituelles journées bimensuelles où elle se satisfaisait de la contemplation de ses tableaux favoris. En dépit du déplaisir de ne pas trouver des toilettes d'une propreté convenable, ces incursions lui sauvaient la vie, la culture étant à la fois le meilleur refuge et le meilleur moyen de se préserver.

Elle commença aussi à lire quelques-uns des romanciers mâles à la mode, mais elle eut le sentiment qu'ils n'étaient qu'une bande d'homosexuels refoulés qui confondaient leur pénis et leur stylo. Tout ce qu'ils avaient à offrir, c'était leurs fantasmes tordus vraiment peu imaginatifs par rapport à ceux qu'elle-même, qui se masturbait chaque soir avant de s'endormir, inventait, et qu'elle trouvait deux fois plus dégueulasses que ceux d'un vieux dégueulasse. Elle les imaginait murmurés dans son oreille par un chef qui, à Paris, autrefois, au grand chagrin de Steve, était sorti de sa cuisine pour déclarer qu'elle était la plus belle femme qu'il eût jamais vue et que si elle se débarrassait de *l'homme nul** qui l'accompagnait, il lui ferait une omelette inoubliable.

Il était indubitable que son engagement dans le monde de l'art avait infiniment accru ses satisfactions. Et maintenant qu'elle s'y habituait, elle se souciait moins d'être seule quand elle l'était. En fait, elle ressentait désormais plus son isolement quand elle était dans un lieu public, entourée de gens. Mais les images des grands peintres qu'elle aimait l'accompagnaient, leurs couleurs et leurs formes encadrant et colorant sa vie.

Elle fit estimer l'ensemble de ses biens. Et évalua que, en l'état actuel des choses, elle pourrait voguer tranquillement pendant un an ou deux, peut-être trois. Ce serait bien le diable si elle ne pouvait pas prolonger la situation de quelques années en se lançant dans une entreprise quelconque : elle n'était pas si sotte. De plus, les femmes américaines possédaient plus

* En français dans le texte.

de la moitié de ce pays, ce qui était bien la preuve, s'il fallait encore la faire, qu'elles étaient plus intelligentes que les hommes. Ou du moins qu'elles leur survivaient.

En gardant le mobilier et la maison avec six chambres à coucher, une chambre de bonne, quatre salles de bains et demie, un jardin d'hiver et un appartement pour le chauffeur au-dessus du garage, et aussi vide que cela fût, elle avait le sentiment de conserver, bien que divorcée, un certain statut. Elle avait hérité de sa grand-mère des œuvres d'art traditionnel américain parmi lesquelles se trouvaient deux Edward Hicks, dont Fernand Léger avait dit qu'il était un artiste bien plus important qu'Henri Rousseau.

Le soir, elle se faisait plaisir en allumant des feux dans la cheminée du salon et en écoutant Boccherini, Haydn, et les chœurs du Tabernacle mormon chantant les tristes compositions de Stephen Foster. Elle pensait qu'elle pourrait au moins, avec son arrangement à l'amiable de cent soixante-cinq mille dollars, somme que Steve avait dû emprunter à la banque, et les affaires qu'elle projetait, avoir assez pour survivre, sinon devenir riche, et se permettre de garder la maison, dont elle avait fini par admettre qu'elle représentait, comme Steve avait l'habitude de dire :

« Un foutu traquenard, je peux te le dire, qui me coûte un sacré paquet de fric. »

Il n'y avait plus le moindre doute à présent, à mesure que l'argent semblait lui filer entre les doigts : les mots de Steve avaient l'air de préfigurer ce qui allait se passer. Particulièrement après qu'un petit ami de passage l'avait, avec sa bite disproportionnée, dégoûtée à jamais des rencontres sans lendemain, lui avait refilé des morpions, emprunté quinze mille dollars et avait disparu avec. Tout de suite après, une fuite dans les canalisations et des tuiles manquantes coûtèrent encore quelque quinze mille dollars ou plus.

Et soudain, sans avertissement, elle vit poindre une perspective impensable mais implacable. Son dernier relevé de compte la dévisageant à la table du petit déjeuner, elle comprit, saisie par l'angoisse, qu'elle n'avait littéralement plus les moyens de rester là où elle pensait pouvoir le faire et devait à présent décider très vite que ce toit immense avec ses tuiles innombrables et ses nouvelles gouttières au-dessus de sa tête, et les pelouses et les haies tout autour qui, même avec un gamin mal payé et foireux en guise de jardinier, coûtaient si cher à tondre et à entretenir — que tout cela était à vendre.

Qu'elle eût prétendu demeurer la dame du château lui procurait à présent un sentiment de tristesse stupide, comme le jour où le réparateur de télévision était venu livrer le nouveau poste et l'avait pratiquement laissé tomber en voyant l'ancien. Elle n'avait pas soufflé mot quand il s'était exclamé, indigné :

« Merde, qu'est-ce qui s'est passé ? »

Mais l'optimisme était de rigueur le jour où un métreur-vérificateur avait appelé et déclaré que la maison n'avait besoin d'aucune restauration. En effet, elle était située sur une petite colline au milieu d'un hectare et demi de bois, habillée de tuiles faites à la main et de pierres importées du pays de Galles, à quoi s'ajoutaient des fenêtres à meneaux et des plafonds cathédrale, ce qui en faisait une résidence des plus séduisantes. Ainsi était-elle décrite par l'agent immobilier qui avait déclaré que la vente ne poserait aucun problème et avait ajouté les mots « charme anglais et pittoresque ».

Selon elle, la maison possédait deux caractéristiques auxquelles personne d'autre ne semblait accorder la moindre importance : un authentique manteau de cheminée Adam importé, que les précédents propriétaires avaient fait installer et sur lequel elle laissait se reposer ses yeux en rêvant éveillée devant ses grands feux de bois vespéraux ; il y avait aussi, à côté de la chambre de bonne, une trappe à linge sale qui aboutissait à la buanderie dans la cave, trappe dans laquelle les enfants avaient enfourné à peu près tout sauf du linge, y compris des poussins qu'on leur avait donnés pour Pâques une année, et des couleuvres qu'ils avaient attrapées pour foutre une trouille bleue à Mary, la bonne irlandaise.

Comme elle en faisait maintenant tristement le constat, c'était de toute évidence une maison plus facile à vendre qu'à essayer d'entretenir en y engloutissant tout son capital. Même si sa mère, autrefois dans le bottin mondain, avait toujours soutenu qu'une maison prestigieuse conférait un certain pedigree, au moins aux yeux de ceux qui en étaient dépourvus. Mais avec la perspective de la maison à vendre et peut-être bientôt vendue, et l'interruption de ses habitudes réconfortantes, la solitude redevenait mortelle. Même les tentatives pour la réduire ne faisaient, semblait-il, que l'augmenter. Elle en venait à frapper des tasses et des bols à coups de cuiller, taper dans ses mains et claquer une porte de temps en temps pour faire du bruit. C'était comme une maladie contagieuse, mais elle pouvait au moins manger autant d'ail qu'elle voulait.

Désormais, une ou deux vieilles amies de Bryn Mawr avec lesquelles elle avait ri, étudié et pleuré au milieu de ces bâtiments gothiques de pierre grise, et dont on pouvait penser qu'elles étaient plus que de simples relations, annulaient leurs visites à la dernière minute. Elle avait découvert qu'à la place, elles avaient fait quelque chose qu'elle trouvait stupide et dangereux, comme emmener leurs enfants faire du rafting dans le Grand Canyon.

D'obsédantes prémonitions semblaient résonner de l'autre côté de la fenêtre de sa chambre quand une chouette hululait dans le grand chêne séculaire qui, depuis le temps des Indiens, survivait dans toute sa magnificence. Mais pire, bien pire était cette lubie de créer une sorte de salon hebdomadaire à l'européenne où seraient conviés de jeunes artistes et écrivains. Son unique tentative avait été tellement désastreuse qu'elle ne pourrait jamais supporter d'y repenser, même comme à une leçon de choses. Mais elle savait dorénavant ce que c'était que d'être menacée de viol. Et puis quoi, sa longue abstinence y aurait peut-être même fait bon accueil. Et elle avait hurlé un soir :

« Bon Dieu de merde, ce serait un sacré soulagement d'être violée. »

Toutefois, tous ces projets culturels locaux moururent sans le moindre gémissement. Quant aux environs immédiats de Scarsdale, il semblait que ce fût un désert intellectuel et quiconque n'était pas déjà courtier dans une grande compagnie financière en ville s'entraînait à porter un attaché-case pour le devenir. Et bavait d'envie de s'enrichir.

Même le gamin qu'elle pensait payer une fortune à tondre la pelouse et qu'elle avait fait entrer dans la maison pour déplacer quelques meubles, et à qui elle avait signalé la provenance d'une étrange œuvre d'art, croyait qu'elle avait parlé d'une nouvelle voiture de sport en entendant le nom de Chagall. Elle aurait dû se méfier : la fois précédente, quand elle lui avait fait descendre la machine à coudre du grenier pendant qu'elle nettoyait l'appartement du chauffeur au-dessus du garage, il avait bu toute sa vodka dans le réfrigérateur et aussi, erreur amusante, avalé un puissant laxatif qu'il avait pris pour de l'alcool.

« Ouah, madame Jones, il faut que j'aille aux toilettes, où sont les plus proches ? »

Elle avait ri à s'en rendre malade, sachant qu'une petite quantité de ce laxatif pouvait vous faire éclater les intestins, bang, bang, comme elle l'avait fait pour les boyaux de la télévision avec son fusil de chasse. Et elle n'avait pu s'empêcher de rire convulsivement en le voyant devenir bleu et vert, se diriger vers les toilettes du rez-de-chaussée et, une fois la porte refermée, y faire un vacarme digne de la Révolution russe. Depuis ce jour, il semblait être resté dans un état de semi-indisposition permanent.

Mais alors, avec les contrastes fous qui surgissaient dans son existence, elle découvrit qu'elle prenait un plaisir dingue à enfourcher la tondeuse, fonçant comme un pilote de course, à véritablement raser la pelouse, emportant parfois un bout de haie dans un virage mal négocié. Après quelques verres de vodka, elle l'avait même tenté une fois à minuit, penchée en avant, phares allumés, au grand amusement de la fille qui, à sa fenêtre, s'éclairait elle-même avec une lampe de poche, mais non des voisins de l'autre côté de la route qui avaient appelé la police, à qui elle avait expliqué avec son meilleur accent de Bryn Mawr :

« J'espère que vous me pardonnerez de vous faire remarquer qu'il m'arrive très rarement de faire du bruit, et sur cette prémisse j'espère aussi que vous me pardonnerez pour celui que je viens de faire indubitablement.

— Vous êtes pardonnée, madame. Et nous allons essayer de passer le reste de la nuit tranquillement, n'est-ce pas ?

— Et vous, messieurs, j'espère que vous conseillerez à ces tarés de l'autre côté de la route de se mêler de leurs foutues affaires.

— À votre service, madame. »

Quand elle se réveilla le lendemain matin, la bouche sèche et les yeux fixés au plafond, elle se rendit compte qu'elle allait peut-être devenir folle, et même son psy s'était inquiété ces derniers temps. Ne devrait-elle pas regretter à présent d'avoir divorcé de son mari et au moins de ne pas lui avoir fait chèrement payer en pension alimentaire chaque année passée à travailler pour lui en tant qu'épouse ? Cela ne payait pas d'être une dame. Et de se réveiller, si elle avait pu dormir, pour demander aux murs de sa chambre comment elle allait tenir encore une journée. Et si elle n'y parvenait pas, qui viendrait à ses funérailles ?

Son psy insistait maintenant pour qu'elle s'efforçât de maintenir les derniers vestiges de sa vie sociale, suggérant, dans ce qui ressemblait à un dernier effort, qu'elle envoyât des invitations gravées d'un « Chez elle » pour convier les amis qui lui restaient à un dîner formel auquel lui et sa femme seraient aussi invités. Quand elle se mit à rechigner au motif que son divorcé de mari avait conservé tous leurs amis communs, et qu'ils faisaient maintenant partie de ce monde fascinant de la télévision, il avait répliqué qu'elle serait sidérée de constater combien les gens se précipitaient à ce genre de choses. En tout cas, elle allait bien voir. Elle commanda les cartons d'invitation chez Cartier et se demanda si son psy, en se faisant inviter, n'était pas en train de transgresser les règles de sa profession par pure envie d'élargir sa clientèle.

Bah, pour le moment il lui fallait recouvrer ses sens ou alors courir le risque de perdre la boule définitivement. Toutefois, en s'autorisant peut-être une petite faiblesse ici ou là. Ce qui était bien humain. Et en ce qui concernait son psy, il n'était pas le seul à vouloir rencontrer des gens. Il n'avait jamais vu la maison mais il devait cependant en connaître les moindres recoins, dans la mesure où elle en avait suffisamment parlé au cours des derniers mois. Sans mentionner bien entendu le fait qu'elle avait fait exploser les entrailles de sa télévision ou que le petit jardinier avait fait exploser les siennes dans les toilettes du rez-de-chaussée.

Et puis après tout, qu'est-ce que ça pouvait foutre, elle pouvait moins se payer le luxe de claquer deux mille dollars de sa déclinante fortune, de donner un dîner formel avant d'avaler une dose massive de somnifères pour découvrir où son esprit pourrait bien aller reposer. Mais entre-temps, elle pensait pouvoir compter au moins sur une poignée d'êtres inférieurs qui seraient assez curieux et prétentieux pour venir voir à quel point elle était dérangée, ravagée et amère depuis son divorce. Sa vieille grand-mère de Caroline du Sud avait dit autrefois :

« Ma chérie, prévoir t'empêchera d'être nostalgique, mais entre-temps ne crois pas à toute cette histoire d'égalité, ton snobisme est ce que tu possèdes de plus précieux au monde, chéris-le. Évite les hommes sans courage, et quand tu es privée de la sécurité de tes toilettes, ne va faire pipi que dans les endroits les plus propres. »

Et en effet, s'il y avait bien une mode à New York et dans les alentours, c'était celle qui consistait pour les femmes à rechercher les foutues toilettes les plus impeccables, récurées et astiquées à en devenir aveuglantes. Et puis, de manière totalement inattendue, tous les gens auxquels elle avait envoyé un carton d'invitation gravé étaient venus, comme l'avait prédit son psy. Les douze invités produisant un agréable et bruyant assentiment autour du champagne Roederer et des canapés au saumon fumé et au caviar. Avec l'engagement d'un cuisinier hongrois et d'une personne pour servir à table, et le jardinier rétabli de sa diarrhée pour garer les voitures, retournant la moitié de la pelouse au cours de ses manœuvres, et avec le meilleur de l'argenterie de sa grand-mère, astiquée de manière éblouissante, et un majordome engagé pour l'office et le vestiaire, ce n'était pas le pire des dîners. Si ce n'est qu'au moment de l'apéritif, quand elle avait allumé le feu, quelque chose s'était bloqué dans la cheminée et le salon s'était complètement enfumé, les forçant à l'abandonner pour se retrouver dans le jardin d'hiver glacé. Jusqu'à ce que le petit jardinier, sur son trente et un et grommelant « Putain de merdier ! », eût réussi à dégager le conduit, non sans projeter de la suie sur elle et sa robe de mousseline bleu céruléen.

« Mince, madame Jones, je suis vraiment désolé. »

Était aussi invité son avocat, venu peut-être par sens du devoir et que sa femme, une vipère, venait de traîner en justice pour un divorce. Il lui avait déclaré avec une certaine nostalgie que son épouse n'était pas comme elle une dame de qualité, et qu'en tant qu'homme de loi, il s'attendait à être légalement et illégalement battu et mis en pièces. Elle avait été amusée de voir son psy, après un échange de quelques mots avec son avocat, se transformer en chat échaudé et s'éloigner rapidement de lui, puis aborder avec un large sourire tous les autres invités.

Le Roederer épuisé, et malgré le champagne tout à fait buvable de l'État de New York, la soirée avait seulement réussi à éviter de justesse le mortel ennui d'une veillée funèbre, la conversation s'en tenant à l'échange de platitudes et de politesses. Avec des allusions aux écoles dans lesquelles ils avaient préparé leur entrée à l'université dont ils étaient diplômés. Elle ne s'anima pas plus avec l'arrivée de la sauce à la menthe, des côtelettes d'agneau et des épinards, en dépit de la divine crème dans laquelle ces derniers avaient été accommodés. Elle eut le sentiment qu'ils percevaient sa panique dans l'excès d'énergie déployée courageusement pour dissimuler sa solitude et sa débâcle financière. Au moment du départ, chaque couple suggéra de reprendre contact très bientôt. Elle eut cependant l'impression que l'effort pour organiser ce dîner n'avait pas été vain, la rassurant au moins sur ses talents intacts d'hôtesse. Et en lui apprenant qu'elle ne pouvait compter sur absolument aucun d'entre eux, en particulier les épouses, tandis que, le dos au mur, elle couvrait de ses mains ses fesses tremblantes.

Il n'y avait eu que deux catastrophes qui se produisirent en même temps, au moment où elle revenait de la cuisine et traversait l'office, après être allée voir ce que le cuisinier avait fait brûler, c'est-à-dire à peu près tout, le beurre fondu flambant sur les fourneaux. Ce fut alors qu'un admirateur de toujours, avec qui elle jouait au tennis au country club et avait eu autrefois une aventure de deux heures dans un motel, l'avait attrapée et poussée contre l'évier pour l'embrasser.

« Joy, tu es vraiment quelque chose, tu sais. »

Elle l'aurait bien encouragé si sa revêche épouse n'était apparue derrière la porte battante pour les surprendre, les dévisageant tous les deux d'un sale œil et marmonnant quelque chose d'indéchiffrable mais de globalement menaçant. Puis, comme le mari et l'épouse partaient précipitamment, elle les avait suivis dans le hall pour faire de piètres excuses, expliquant que Charlie n'avait fait que donner un coup de main pour éteindre le feu dans la cuisine. Mais l'épouse avait claqué la porte d'entrée à en faire trembler le piédestal d'une potiche, qui avait fini par éclater sur le sol du vestibule.

La soirée connut néanmoins quelques moments plus allègres, quand tout le monde se retrouva autour du grand Steinway avec les liqueurs et une bouteille de cognac hors de prix offerte en prime par le marchand de vin. Elle fit résonner les notes sur le piano et ils chantèrent ensemble leurs morceaux favoris des comédies musicales de Broadway puis, le cognac commençant à produire ses effets, de vieilles chansons du temps de l'université. Sa grand-mère eût été contente de la touche bon ton, trahissant les meilleures universités du Nord, qui émanait de ces réjouissances, même si elle n'avait eu aucune considération pour les universités situées au-dessus de la ligne Mason-Dixon*.

Mais en y repensant et en réévaluant les choses, tout semblait confirmer son sentiment : cela avait été une sorte de lugubre chant du cygne. Avec ces gens qui poliment n'avaient pas assez bu et étaient restés cul

* Ligne de démarcation fictive séparant les États du Sud de ceux du Nord. *(N.d.T.)*

serré. Et quand ils avaient entendu qu'elle allait vendre, ils avaient réagi avec un petit rire nerveux, disant qu'ils espéraient que ce ne serait pas à des personnes indésirables. Puis, comme des marionnettes, ils s'étaient levés à l'unisson, dix minutes avant minuit, dirigés vers leurs voitures et, après avoir claqué bruyamment les portières, étaient rentrés chez eux. Non sans avoir vu, de l'autre côté de la pelouse, la fille menottes aux mains qui éclairait à l'aide d'une lampe électrique une portion de son corps nu.

Ah, mais il y aurait encore de bonnes vieilles surprises ! Qui aurait cru, cherchant partout dans la maison, qu'elle découvrirait qu'une boîte à thé Fabergé en argent, frappée du sceau impérial, considérée par Sotheby's comme extrêmement belle, de même qu'une encore plus belle tabatière Meissen en or décorée de sangliers et de scènes de chasse au cerf, toutes deux léguées par sa grand-mère de Caroline du Sud et dont il n'était pas déraisonnable de penser qu'elles étaient uniques, avaient inexplicablement disparu ? Elle ne croyait pas que les extras engagés pour la soirée ou le petit jardinier auraient pu avoir la moindre idée de la valeur considérable, sinon astronomique, de ces objets, mais elle savait que quelqu'un l'avait eue, et cela incluait la plupart de ses invités.

Elle pensait que l'intérêt essentiel d'envoyer un carton d'invitation gravé pour un dîner formel était d'éliminer les invités qui avaient une propension à voler. Ou bien était-ce l'exigence d'une cravate blanche qui, selon sa grand-mère, produisait cet effet? Si elle devait soupçonner quelqu'un en particulier, c'était la femme furieuse de Charlie. Mais au cas où elle demanderait à cette désagréable femme si elle avait vu ces objets, elle pouvait être sûre que cela finirait avec un procès pour diffamation qui la laisserait sur la paille.

Prions, Seigneur, qu'en réalité elle ait oublié d'avoir caché ces foutues boîtes avant la soirée! Mais ce n'était pas le cas : elles avaient bien été là. Sur les petites tables à jeu. Discrètes, dans un coin. Mais suffisamment en vue sous la lumière de la lampe. Sa boîte à thé et sa tabatière non assurées. Héritages, bien nettoyées et l'argent de l'une poli de ses propres mains délicates. Elles étaient ce qui la reliait à sa grand-mère et, quoi que les gens aient pu penser, n'étaient là que pour être vues.

Et démontraient que même sans mari, elle avait encore des choses que n'importe qui aurait été fier comme un paon de posséder.

Pourtant, la simple allusion au mot si imagé de paon la dérangeait, ternissant légèrement l'élégance de son héritage sudiste. Elle savait toutefois que la perte *in fine* n'était pas d'ordre sentimental mais financier, et rendait évidente sa vulnérabilité. Si elles étaient perdues, et elles l'étaient, il ne restait plus que ses amers soupçons concernant l'identité de la personne qui pouvait les avoir prises. Et pire encore, elle n'en était même pas sûre. Mais elle était tentée dans son désespoir de devenir *infra dignitatem* en donnant le nom de ses invités à la police, ce qui aurait pour conséquence de faire la une du *Herald Statesman* de Yonkers : DES MEMBRES DE LA HAUTE SOCIÉTÉ FONT MAIN BASSE SUR LE PRÉCIEUX HÉRITAGE D'UNE DIVORCÉE DÉSARGENTÉE.

Toutefois, elle avait reçu une éducation de dame. Quelle vacherie que d'avoir à lutter toute seule pour sa survie ! Qui sait — quelle rigolade ! — si un procès ne ramènerait pas une foule de gens dans sa vie ? Dans la salle du tribunal, bien entendu.

Ce qui n'était pas si drôle. Qu'est-ce que ça pouvait foutre, avec un peu de chance, un de ses organes ferait un infarctus et la nécrose s'installerait. Ou bien, comme elle le faisait ces dernières nuits, elle se palperait les seins pour sentir la boule fatale quelque part. Cela ne mettrait pas fin à son imperturbable politesse, mais elle pourrait mourir d'une mort dramatiquement lente.

Du moins savait-elle où elle voulait être enterrée. Dans les bois de la Caroline du Sud. Dans un vieux cimetière de campagne au milieu de la réserve de chasse à la caille, sur la plantation de sa grand-mère et à côté d'elle, dans le caveau familial, parmi les monuments ciselés à la gloire des héros confédérés pendant la guerre de Sécession et couverts des marques du temps. Et là où il fallait avancer avec précaution dans les hautes herbes. Comme c'était parfois l'endroit préféré des serpents pour se réchauffer au soleil, vous pouviez très bien poser le pied sur les mâchoires venimeuses d'un mocassin et rejoindre rapidement ceux qui, déjà, reposaient en paix.

Bien qu'elle eût toujours vaguement détesté son prénom, Jocelyn, tout le monde pendant le dîner l'avait raccourci en Joy.

Mot dont elle ne voulait plus se souvenir, maintenant que toute joie était si cruellement absente de son existence. Elle estimait que la disparition de ses objets d'art était non seulement la dernière goutte dans le vase, mais encore les avait-elle toujours considérés, pendant toute la durée de son mariage, comme un atout avec lequel elle pourrait décamper en appelant simplement un taxi et en fourrant les précieux objets dans un sac à main. Ensuite, bien entendu, après les avoir apportés chez Sotheby's, elle aurait eu à retenir son souffle dans un hôtel respectable en attendant qu'ils fussent vendus aux enchères.

Mais sacré bon sang de bois, si c'est ce que tes invités t'ont fait, non seulement chacune de tes pensées devrait être non expurgée en ce qui les concerne, mais encore chacune de tes actions dorénavant, à commencer par la sélection de tes amis. Hélas, ce dernier point ne se présentait même pas en option, car la seule personne avec qui désormais elle se sentait entretenir un semblant de rapports était la fille aux menottes derrière sa fenêtre.

Aussi, après avoir ressassé l'idée pendant quarante-huit heures, elle se dit qu'ils pouvaient tous aller au diable, ces prétendus amis, et elle signala le vol à la police. Il ne faisait pas le moindre doute qu'elle serait désormais considérée *infra dignitatem* par les invités du dîner formel. De toute façon, les gens se ressemblaient tellement qu'il était tout à fait possible de se faire en cinq minutes tout un nouveau réseau de relations en allant à Bronxville, qui se trouvait à moins de huit kilomètres sur le trajet de la voie ferrée. Mais en racontant cela à ses partenaires de bridge au country club, il lui vint à l'esprit qu'il y avait vraiment eu vol et que la nuit où elle avait pris le fusil et fait exploser la télévision, quelqu'un avait pu faire un repérage et revenir, puis simplement attendre que les invités fussent passés dans la salle à manger.

Quoi qu'il en soit, elle avait toujours considéré le nom de Scarsdale avec un humour un peu grinçant, séparant et renversant mentalement les syllabes et se référant à cette région indéterminée comme la *Dale of Scars**, description parfaite selon elle des ravages que l'endroit avait fait subir à certains de ses habitants. Elle découvrait

* *Dale of Scars* : Vallée des cicatrices *(N.d.T.)*.

aussi, de première main, que le couvreur, le plombier ou l'électricien pouvaient tous se comporter comme Don Juan d'abord et Einstein par la suite, et après une ou deux visites inutiles pour tenter d'obtenir un rendez-vous avec elle, essayer de la saigner à blanc avec une facture astronomique.

Mais il n'y avait pas le moindre doute concernant une sacrément bonne chose. Le prix des propriétés, comme l'avait dit l'agent immobilier M. Goodway, non seulement s'était maintenu mais avait monté. La maison et le terrain représentaient un joli petit pactole. Avec des pelouses bordant les haies qui entouraient la maison et plusieurs arbres gigantesques qui apportaient de l'ombre en été. Et un joli étang trop petit pour y faire du canoë mais assez grand pour y nager, si on oubliait la présence d'une grosse tortue qui y faisait claquer des mâchoires assez puissantes pour vous amputer le pied.

« Madame Jones, je suis agent immobilier depuis dix-sept ans et je considère le 17 Winnapoopoo Road comme étant *sans peur et sans reproche** dans la catégorie des demeures élégantes qui sont le rêve des P.-D.G.

* En français dans le texte.

— Eh bien, j'espère que vous avez raison, monsieur Goodway, ou alors il n'y aura plus qu'à *achever une bête blessée**. »

Et quand la flatteuse photo parut dans la brochure de l'agence, la maison fut finalement décrite comme étant « d'un style anglais ravissant, et imprégnée du charme du monde d'autrefois ». D'autres détails étaient donnés dans des termes qu'elle n'aurait jamais eu l'audace d'employer elle-même. Mais au moins était-ce rédigé correctement, et le descriptif mentionnait que le cadre était tranquille et incluait une pièce d'eau au milieu d'un hectare et demi, sur une petite colline du comté de Westchester.

La maison fut vendue en moins de soixante-douze heures, deux acheteurs s'affrontant dans une enchère qui permit de dépasser de dix pour cent le prix demandé. Elle pleura. Mais tout ce qu'elle avait eu, c'était en réalité un minuscule interlude de vie qui s'effacerait dans ce qui resterait toujours une communauté très anonyme. Où, d'un point de vue historique, personne ne saurait ou ne se soucierait jamais de savoir si elle avait vécu ici ou non. Elle

* En français dans le texte.

apprit que plus on avait de pièces vides à traverser et où déprimer, plus on déprimait.

Cependant, elle se sentait encore suffisamment jeune pour éprouver à l'occasion le frisson qu'un intense sentiment de danger lui procurait. Riche désormais, elle faisait des projets de voyage en première classe à Paris au printemps, de séjour au Lancaster et puis de visites au Louvre durant de longues heures oisives, avant de s'aventurer de l'autre côté de la Seine et de s'asseoir boulevard Saint-Germain pour boire un *citron pressé**. Elle laisserait tomber sur le bout de son nez ses lunettes de vue pendant sa lecture de l'édition parisienne du *Herald Tribune,* comme si elle était trop occupée de son propre plaisir pour prendre le temps d'observer le monde.

Puis à Londres, au Claridge, ce relais de poste en briques rouges au bout d'une rue paisible de Mayfair. Elle serait seule, libre et non simplement un bagage supplémentaire, comme cela avait été le cas au cours d'un voyage éclair, quand son mari, trahissant ses principes de créativité, avait essayé de conclure sa première affaire destinée à

* En français dans le texte.

satisfaire les goûts du consommateur de base. Steven avait alors dit que cela coûtait une fortune, mais un tel marché pour un producteur indépendant exigeait que l'on séjournât dans ces hôtels où descendaient les agents les plus prestigieux de Hollywood, qu'on pouvait donc côtoyer dans les ascenseurs, quand ils n'étaient pas en Méditerranée sur des yachts longs comme des terrains de football.

Pour autant qu'elle aimât les hôtels, elle avait trouvé que l'attitude de Steven trahissait ses origines sociales défavorisées, tout autant que son habitude d'apporter le lait dans sa boîte en carton à table. Et elle s'était sentie plus qu'un peu gênée quand il avait essayé de faire l'important et s'était fait rapidement moucher par un serveur d'une attention et d'une courtoisie exagérées. Mais elle avait beau penser être devenue riche à la suite de la vente de la maison, il semblait que plus personne ne voulût la connaître. Même si elle s'était acheté une nouvelle Jaguar vert anglais et avait commencé à jouer régulièrement au bridge avec les femmes mûres du country club.

Il semblait que son statut fût rabaissé d'une façon abjecte, maintenant qu'elle habitait un appartement dans un modeste immeuble à proximité de la gare desservant New York Central. Pour sortir le soir, elle en était venue à cette extrémité : engager le jardinier comme chauffeur afin qu'il la conduisît au cinéma de Bronxville et l'attendît à la sortie pour lui ouvrir la porte à la fin de la séance. Ce n'était pas pour jouer à la grande dame, mais simplement parce que sa solitude exigeait un minimum de sécurité.

« Hé, madame Jones, je peux vous emmener boire une bière au *Town Tavern* ? »

Si le protocole fut brisé par la suggestion du petit jardinier, il fut immédiatement rétabli quand elle l'interrompit brutalement pour lui intimer l'ordre de la ramener à la maison. Et pendant tout le trajet, elle pensait que rien ne lui aurait fait plus plaisir au monde que d'aller boire une bière au *Town Tavern*. Et même de mâcher un bretzel salé en sirotant sa Pilsner préférée, coulant glacée dans sa gorge.

Ce fut peu de temps après qu'elle quitta son appartement de trois pièces horriblement anonyme, avec une salle de séjour sans soleil, pour un endroit légèrement plus lumineux et plus charmant, qu'elle avait trouvé moins isolé, et qui ne l'était pas, finalement. Espérant que cela inciterait ses enfants à venir la voir. Ce qu'ils ne firent pas. Eux qui ne semblaient maintenant aucunement reconnaissants, en dépit des quantités d'argent qu'elle avait offertes à chacun. Préférant lui envoyer un petit mot de remerciement très formel. Elle sentit la distance s'accroître, particulièrement avec sa fille, Ida, qui était à l'université au loin, en Virginie occidentale, et constamment invitée par des soupirants dans une demi-douzaine de villes.

Son fils, Hugh, en dernière année à Yale, s'était un peu fait remarquer, en tant que membre de *Skull and Bones,* pour avoir protesté contre l'admission des femmes dans ce club, ce qu'elle avait pris comme un autre affront personnel. Il avait allégué de ce que les femmes avaient coutume de faire, particulièrement une jeune fille qui avait répandu des commérages sur leurs rituels secrets, appris de la bouche de son petit ami, membre déçu de *Skull and Bones.* Et comme Hugh s'en était plaint publiquement, cela avait contribué à le faire considérablement remarquer.

Maintenant qu'elle devenait plus solitaire qu'elle ne l'avait jamais été, elle eut plus d'une fois le sentiment d'être enfermée comme la fille aux menottes derrière la fenêtre. Au point même que ça la démangea un soir d'appeler le petit jardinier pour qu'il l'emmenât boire cette bière au *Town Tavern* de Bronxville, comme il l'avait suggéré. Sa plus grande peine était causée par le silence dans lequel se déroulaient les week-ends et les vacances universitaires de ses enfants, sans même un coup de fil de leur part, puisqu'ils séjournaient chez leur père qui était, selon leurs dires — merci beaucoup —, le plus heureux des hommes avec sa ravissante idiote, et avait annoncé leur décision de se marier. Ils étaient même mentionnés dans une récente chronique mondaine comme « un des couples en vue », avec en même temps la nouvelle toute nouvelle que l'idiote, avant de débarquer sur la scène new-yorkaise, n'avait pas été une belle du Sud, membre de Phi Beta Kappa, mais avait travaillé dans le bureau des lettres au rebut d'une poste du New Jersey.

Mais il fallait bien admettre que tout ce qui restait maintenant à son ex-mari c'était son gros salaire, qui d'ailleurs n'était peut-être plus suffisant, depuis qu'il avait quitté son nid d'amour bon marché sur la 67e rue Ouest pour louer un appartement coûteux de Park Avenue. Avec à la remorque une actrice en herbe qui était de toute évidence une croqueuse de diamants et avait planté ses jolis crocs à la fois dans Steve et la carrière d'actrice. Il avait expliqué aux enfants que c'était lui qui payait jusqu'au dernier sou leurs coûteuses études à l'université, et bien qu'il eût refusé de leur donner une carte American Express, ce qu'il avait fait avec l'idiote, il les gratifiait de cent quarante dollars d'argent de poche par semaine.

Mais, la vache, ne payait-elle pas maintenant, en plus du loyer, les énormes frais de garde-meubles pour le mobilier de la maison de Scarsdale ? Il pouvait très bientôt se révéler qu'il aurait été moins onéreux de le vendre aux enchères ou même de le donner. Et elle n'avait plus sa grande pelouse sur laquelle elle avait passé tant de soirées d'été, le dos enduit de citronnelle et, quand les moustiques n'étaient pas trop gros, avait goûté la joie d'uriner à l'air libre et de faire ainsi ce que sa grand-mère appelait « ne pas gâcher de l'azote dans les toilettes ». Ce qui lui valut, un soir, d'être prise dans le faisceau de la lampe que la fille aux menottes braquait depuis sa fenêtre.

Pour réduire ses dépenses, elle limita les visites chez son psy à deux séances par mois. Espérant limiter ses accès de dépression maintenant qu'elle vivait dans un petit appartement, elle s'était acheté toute une collection de livres pratiques, dont elle essayait de suivre les conseils à la lettre. Mais elle découvrit, ayant renoncé aux Martini, que son plus grand plaisir et réconfort consistait simplement en deux verres de sherry demi-sec avec des chips, un assortiment de cacahuètes et d'amandes salées, et une cassette d'Elgar, qui lui permettaient de s'imaginer sur la terrasse d'un manoir anglais où biches et bétail paissaient paisiblement et où elle n'entendait pas rugir l'express du New York Central.

L'alcool était encore présent dans sa vie, mais jamais plus elle ne voudrait repenser à ce shaker rempli de Martini sec, très sec, qu'elle gardait dans le réfrigérateur en cas de nécessité, et qu'elle et Steve avaient l'habitude de vider à son retour du travail. Ce shaker qui avait fini par absorber pour sa préparation une bouteille entière de gin et lui valut les accusations de sa fille :

« Regarde les choses en face, Papa et toi, depuis un moment, avec cette histoire de cocktail avant le dîner, vous êtes lentement devenus une vraie belle paire de poivrots. Ça va rendre Papa impuissant et si toi tu t'en fous, ça va te détruire le teint et te faire un gros cul. »

C'était le mot « poivrot » et le mépris exprimé avec l'air de supériorité de celle qui sait tout, qu'elle avait trouvés tellement blessants et humiliants. Pourtant, abandonnée à présent par sa famille et vivant, du fait des circonstances, dans un logement minuscule, elle réussissait à garder la tête hors de l'eau moralement et spirituellement. Et même dans la plus solitaire des solitudes, elle continuait à penser que les choses auraient pu être pires. C'était en effet le tour qu'elles prirent un petit peu trop vite, comme quand une masse vous tombe sur le gros orteil. Avec la perspective d'un autre doigt de pied à sacrifier bientôt. Tout d'abord, quand elle s'était plainte de l'absence des enfants, Steve lui avait balancé une véritable bombe dans le plexus solaire :

« Jocelyn, je serai franc. Tout le monde pense que tu es peut-être un peu dérangée sur le plan émotionnel. Et que tu as peut-être besoin d'aide.

— Que diable veux-tu dire ?

— Bon, quand tu étais encore dans la maison, la police a dû intervenir. Tondre la pelouse à minuit. Faire sauter la télévision à coups de fusil. Ouais. J'ai eu un appel du réparateur. Jocelyn, le fait est que les enfants t'aiment et t'adorent, mais ils pensent que tu pourrais être dangereuse et blesser quelqu'un accidentellement.

— Par pitié, tout ce que je faisais et ferai encore, c'est espérer tenir les intrus à distance quand je suis toute seule à écouter Elgar.

— Eh bien, c'est peut-être ça le problème aussi.

— Pourtant, il se trouve que c'est un plaisir pour moi. Et je suis sûre qu'il doit être tout à fait clair, même pour toi, que personne, y compris les voleurs, n'est plus impressionné par une mort violente. »

Pendant qu'elle digérait au cours des jours suivants les nouvelles et les conseils donnés par son ancien mari, le deuxième coup de masse s'abattit. Elle découvrit que le capital résultant de la vente de la maison, placé entre les mains diligentes d'un superconseiller en investissements, vieille relation de Steve qui lui avait déclaré qu'il bâtirait pour elle une cathédrale financière séculaire sous laquelle les enfants de ses enfants pourraient encore s'abriter — ce discours romantique et inspiré n'étant pas sans susciter chez elle une certaine inquiétude — était parti en fumée en l'espace de huit mois.

Les investissements hasardeux se terminaient entre autres avec deux cas de faillite, dans une société d'ordinateurs et une compagnie de prospection pétrolière, sans parler de l'épisode de l'action « Premier arrivé, premier à faire des profits », d'une sécurité garantie, en l'occurrence une comédie musicale de Broadway à la répétition de laquelle elle fut invitée et pour la première de laquelle le *New York Times* émit un « peuh » sonore et immédiat dans un titre assez explicite : DÉBILE, DÉPRIMANT ET DÉSOLANT.

Tout fut révélé juste après minuit, quand elle se retrouva dans le grand salon sombre d'un immeuble de briques jaunâtres surplombant Central Park qui s'était vidé en quarante-cinq secondes après que ce compte rendu de la pièce avait paru. Voilà pour l'excitation procurée par les coulisses romantiques et captivantes du monde théâtral. Dans le vide duquel elle avait laissé quelque chose comme deux cent mille dollars environ.

Mais le pire de la faillite avait consisté dans le financement d'un service de conseil en investissements où au moins deux douzaines de lignes téléphoniques fonctionnaient dans un espace en location de l'Empire State Building et sur lesquelles les souscripteurs étaient censés se précipiter pour obtenir des renseignements ultra-confidentiels sur le marché. Cette opération était supervisée par un ancien chanteur d'opéra et sa petite amie mannequin dont s'était entiché le conseiller en investissements, convaincu que tous deux, grâce à leurs contacts mondains et leur connaissance des grands mouvements financiers, seraient en mesure de prévoir infailliblement les tendances et de vendre leurs conseils aux boursicoteurs du Middle West afin d'opérer de grands raids sur le marché. Et si le nom n'avait pas été aussi repérable, le mannequin et le chanteur d'opéra auraient bien appelé la société « Initiés anonymes ».

Il y avait cependant dans cette affaire plus que le simple éreintement d'une comédie musicale. Les boursicoteurs, petits et gros, jouaient chacun de leur côté. Et puis, dans la perspective de mettre en place une mégopération financière dans toutes les Bourses d'Europe, les trois larrons avaient voyagé en première jusqu'à Paris, tous frais payés à l'Hôtel Bristol, afin de prendre des contacts et trouver des idées. Paris, où ils seraient aussi en mesure de donner une bonne impression aux gros courtiers en dînant dans les restaurants les plus reputés de la ville. De manière à se consacrer assidûment à cette dernière tâche, ils avaient établi une liste longue comme le bras et la jambe pour choisir l'endroit où ils pourraient finir chaque soirée avec un Château Yquem et des *fraises des bois**.

Quand elle avait avisé son conseiller Theodore qu'elle pensait le poursuivre pour négligence caractérisée et fraude organisée et qu'au lieu de bâtir une cathédrale financière qui survivrait dans les siècles, il lui avait construit en quelque

* En français dans le texte.

huit mois une cabane en carton bourrée d'investissements merdiques qui, dans un tourbillon de dîners hors de prix, de voyages et de coups de téléphone longue distance, avaient absorbé la majeure partie de son capital, le conseiller s'était mis à sangloter, à l'ombre d'un palmier du grand salon du Plaza où elle prenait un thé de Chine au citron avec une tranche de cake pendant qu'il éclusait des doubles whiskies, qu'elle dût finalement payer. Il bredouilla qu'il avait deux enfants à l'université, qui allaient sans doute devoir abandonner leurs études pour commencer dans des boulots minables.

« Oh, Jocelyn, je dois bien admettre que tout le scénario a plongé dans une spirale dépressionnaire provoquée par la persistance d'un état d'esprit attentiste, mais au bout du tunnel je peux voir les signes d'un renversement de tendance avec des possibilités de récupération exceptionnelles, et c'est le moment ou jamais de profiter des prix incroyablement bas en matière d'investissements.

— Je n'ai pas la moindre intention de vous confier le moindre sou de la pitance qui me reste. »

Mais c'était le fait qu'elle eût utilisé les mots « caractérisée » et « organisée » qui avait foutu la trouille à Theodore. Quand elle raconta en détail l'affaire à son avocat, qui se trouvait être, conformément à l'influence de la grand-mère de Caroline du Sud, l'un des plus importants de New York, et posséder un immense bureau surplombant le port, elle vit une larme poindre dans son œil droit tandis que le gauche restait sec. Bien qu'il fût courbé derrière son bureau en raison d'une douleur au dos contractée en jouant au tennis, il s'efforçait de se redresser sur son fauteuil pivotant pour voir un énorme paquebot s'éloigner en laissant une traînée de fumée, et parlait de ce fait par-dessus son épaule.

« Vous savez, Jocelyn, le plus triste dans tout ça, c'est que votre conseiller est en fait aussi respectable et honnête qu'on puisse se permettre de l'être de nos jours. Le seul ennui, c'est qu'avec ses bonnes intentions et un cœur aussi grand que son imagination, il ne savait tout simplement pas ce qu'il foutait, pardonnez-moi l'expression, de l'argent de ses clients, et je ne vois pas bien l'intérêt de l'envoyer en haut de l'Hudson, à Sing Sing.

— Ce n'est pas mon intention.

— Bien, Jocelyn, mais c'est tout de même ce qui risque d'arriver. Bien sûr, on aurait pu prédire que le marché des ordinateurs allait vers la saturation, mais la société dans laquelle il a investi avait bonne réputation. Le problème réel, Jocelyn, c'est l'équipe d'investissement formée avec le chanteur d'opéra et sa petite amie mannequin. Voyez-vous, ils ont plumé Theodore lui aussi et l'ont laissé sur la paille, à l'exception d'une assez jolie maison qui est au nom de sa femme, ce qui signifie qu'il ne possède rien sur quoi vous puissiez vous payer en cas de succès dans votre procès pour négligence caractérisée. »

La débâcle financière l'avait forcée à abandonner son nouvel appartement, à mettre en vente son mobilier du garde-meubles et à céder à un prix ridicule sa Jaguar 4,2 litres vert anglais. Le conseil de son avocat de ne pas engager de poursuites lui coûta deux mille sept cent quatre-vingt-six dollars et quatre-vingt-sept cents. Elle emménagea, pour un loyer inférieur de moitié, dans un appartement plus petit de moitié et à l'arrière de ce qui avait été autrefois la maison d'un des hommes les plus riches de la communauté, la réduisant ironiquement à vivre dans un appartement de chauffeur au-dessus du garage.

À présent, la vérité vraie apparaissait au grand jour : pas un de ses prétendus ou véritables amis ne voulait entendre parler d'elle. Elle était une vieille bique, considérablement appauvrie et hors course pour de bon. Elle s'était juré d'appliquer dorénavant à sa vie une nouvelle théorie : l'instinct de l'instant. Et de faire exactement ce qu'elle voulait. Il était trop tard pour fonder des postulats dans ses pensées non expurgées, selon lesquels on ne devrait se laisser embobiner par personne et surtout pas par son conseiller financier. Et si c'était le cas, ne pas aller voir un avocat parce qu'on sera, le plus confidentiellement et le plus gentiment, encore plus embobiné. Oh mon Dieu, j'ai bien encore en réserve quelques rires, mais je ne les laisserai jamais retentir tant qu'il n'y aura pas quelque part quelqu'un pour en rire aussi, et le premier.

Mais il lui fallait penser à pire encore. Car la véritable perspective s'approchait dangereusement, en ce qui concernait son avenir, rejetée comme elle l'était et sans travail. Elle pourrait bien finir sans abri, traînant sur un banc dans les atriums les mieux chauffés de New York. Et un paquet de gens tout aussi dignes qu'elle le faisaient déjà. Son fusil de chasse Purdey était depuis longtemps parti chez Sotheby's et avait tout juste fait le prix de réserve. De toute façon, elle n'aurait plus les moyens de faire exploser des télévisions d'ici la fin des temps.

Ses pensées non expurgées devaient donc devenir son passe-temps favori, exception faite des moments où elle se souvenait d'un incident tragique au cours de son adolescence en Caroline du Sud. À un bal de lycée auquel elle avait été invitée parce qu'elle comptait parmi les plus jolies filles de la région, elle et le garçon qui l'avait invitée, très beau lui aussi, s'étaient attendus à être le beau et la belle du bal. Et comme personne n'était venu interrompre leurs danses pour l'inviter elle, sous prétexte qu'elle était à tomber par terre, elle avait été anéantie et le garçon désolé au point qu'elle l'avait trouvé, à la fin de la soirée, en pleurs sur la terrasse au-dessus des magnolias. Et elle avait eu le sentiment que tout était de sa faute : elle n'avait pas assez flirté ou pas été assez attirante et était restée fidèle à son partenaire, comme elle avait toujours eu tendance à l'être, si ce n'était à une ou deux occasions bizarres.

À présent, elle aurait été reconnaissante à quelqu'un, n'importe qui, d'un petit mot flatteur, ne serait-ce qu'une banalité du genre : « J'aime vos chaussures, elles sont jolies. » Je serais, vraiment je serais contente. Mais ensuite, après s'être souvenue de ces épisodes douloureux, elle se délectait de la vulgarité des pensées qu'ils lui inspiraient. Tout à coup, elle se surprenait à penser que oui, vous, tous les enfoirés de Scarsdale et de Bronxville, vous pouvez baiser mon cul. Ou mieux, ma chatte d'aristocrate. Elle avait le sentiment qu'en dépit des conditions tragiquement précaires de son existence, son goût en matière de musique ou d'art lui donnait encore de bonnes raisons de se sentir supérieure.

De ses sept cent cinquante mille dollars et plus, et après s'être religieusement imposé un budget serré au *cent* près, il ne lui restait plus à la banque que treize mille quatre cents dollars quatre-vingt deux *cents* pour subvenir à ses besoins jusqu'à la fin de ses jours. Sa seule extravagance, d'une modestie extrême, consistait en visites à New York pour contempler des tableaux dans les musées. Mais dans son petit appartement isolé, la solitude grandissait manifestement. Elle avait flirté brièvement mais sérieusement avec l'idée de devenir lesbienne, et avait acheté un livre sur la question. Au moins, ce serait une relation à long terme, débarrassée de l'imprévisibilité d'un type excité par la première intrigante idiote venue.

Mais en devenant homosexuelle, elle n'arrivait pas à se figurer quel rôle elle aurait aimé jouer. Elle était sacrément sûre qu'elle ne voudrait pas avoir à faire la lessive, la vaisselle, la cuisine et à passer l'aspirateur, pendant que l'autre fille en costume et sombrero foncerait au bureau, attaché-case à la main. Ni non plus devenir le soutien de famille, debout à six heures du matin pour être à la gare à sept et devant un bureau sur Madison Avenue à huit. Particulièrement après s'être observée dans le miroir, portant un vieux costume de son mari Steve.

« Oh mon Dieu, j'ai l'air de sortir d'une photo un peu jaunie du Berlin des années 20. »

Mais il y avait aussi au prochain virage la perspective de la ménopause et des hanches de plus en plus rondes à l'approche des quarante-cinq ans. Elle avait loué un film porno dans lequel deux lesbiennes de choc se frottaient l'une contre l'autre, ce qui l'avait remplie d'une appréhension considérable. Pour ne rien dire de la chair de poule. Au lieu de ça, tant qu'elle avait encore treize mille dollars, elle se consacrerait à une œuvre de charité, mais en apprenant sur quel train vivaient certains cas sociaux, elle se rendit compte que c'était elle qui avait besoin de charité. Ou mieux, d'un travail, aussi vite que possible.

C'est alors qu'explosa la bombe à retardement. Il se pouvait très bien qu'elle ne pût même pas trouver de travail. Sa réponse à des questions telles que « Votre salaire précédent ? » Mon salaire précédent, c'était zéro. Nous sommes désolés. Et ils l'étaient. Mais elle avait fini par trouver un travail temporaire de vendeuse dans un magasin de cadeaux à Yonkers. Une des conurbations les plus étranges de tous les temps, selon elle. Dans la mesure où vous ne pouviez jamais savoir si vous étiez à Yonkers ou non. Et quand elle demandait :

« Excusez-moi, est-ce que je suis à Yonkers ?

— Ben, madame, je ne sais pas comment la carte peut vous indiquer que vous y êtes.

— Elle dit Crestwood mais je crois que je suis à Yonkers.

— Écoutez, madame, si vous le croyez sincèrement, tant mieux pour vous. Tout est Yonkers autour de vous. Mais il y a pas de mal de gens qui préféreraient que ce ne soit pas le cas. »

Bien qu'invariablement agréable et polie, et douée pour la confection des paquets-cadeaux, elle se sentit un peu inutile quand elle et son patron furent d'accord pour reconnaître que certains clients étaient intimidés par son élégance, ou que le simple fait de la voir gênait certaines personnes de Scarsdale, ainsi que celles qui la connaissaient du country club et en avaient le souffle coupé.

« C'est bien Jocelyn Jones de Winnapoopoo Road ? »

Mais le propriétaire était compréhensif, et après avoir empoché une bonne prime, elle se mit de nouveau en quête et finit par trouver un petit boulot de serveuse à des kilomètres de Scarsdale et de Yonkers, faisant le trajet aller-retour dans un break Volvo d'occasion. Et bon Dieu, c'était un drôle de réveil et un sacré apprentissage de la vie et de la différence entre ceux qui servent et ceux qui sont servis. Et la rapide découverte qu'elle n'avait pas le moindre courage pour nourrir ces bouches innombrables ou regarder manger des gens suffisamment gros pour se passer d'avaler quoi que ce fût pendant un mois.

Elle essayait de bien faire son travail, mais elle avait l'impression qu'on la regardait de haut et cela la faisait vieillir rapidement. Ses seins, qui n'étaient pas identiques, louchaient déjà un petit peu, mais à présent le gauche pendait nettement plus que le droit. Finalement, un vendredi, en plein coup de feu, après qu'elle eut mélangé plusieurs commandes, un client s'était plaint qu'elle se fût trompée de vin et eût apporté une bouteille dégueulasse, alors que c'était un superbe millésime de Gevrey-Chambertin qu'elle avait déjà goûté. Elle avait pris la bouteille et lentement versé le contenu sur la tête du type, qui était resté sidéré suffisamment longtemps pour qu'elle eût le loisir de s'entendre proférer :

« Je suis allée à Bryn Mawr, pauvre type, et j'imagine que vous venez du Bronx. »

Bien évidemment, elle se fichait éperdument d'avoir été à Bryn Mawr, mais son petit numéro de snobisme l'avait ravie. Elle sut toutefois que cela constituerait une preuve supplémentaire de ses troubles psychiatriques si le récit de cet incident parvenait aux oreilles de Steve ou de son psy, qu'elle n'avait plus les moyens de consulter. Après avoir été virée du restaurant qui la poursuivit en dommages et intérêts, elle pensa plus que jamais qu'il lui fallait s'éloigner de ce foutu Yonkers, ce *no man's land* du comté de Westchester, et tenter sa chance ailleurs. Mais ailleurs, à la réflexion, prenait rapidement l'allure d'un nulle-part désolé. À l'exception peut-être du New Hampshire, où les gens avaient la réputation de se conformer à des principes d'une éthique supérieure. Son éducation l'avait seulement préparée à repérer au premier coup d'œil la différence entre une marqueterie à motif floral et or moulu Louis XV et une Louis XVI. Peut-être l'origine paysanne européenne de la plupart des Américains avait-elle finalement pris le dessus et tout simplement transformé les femmes en bêtes de somme, en leur intimant l'ordre de la fermer, nom de Dieu, de la fermer en ce qui concernait les soins de beauté et les parfums, et les séances chez le coiffeur, et de foutre le camp en emportant leur barda. La vache, Grand-Mère chérie, les choses prennent une sale tournure. Ça devient difficile à supporter. Qu'est-ce que je dois faire à présent ? Après avoir financé mon mari avec l'héritage que tu m'avais laissé pour me retrouver aujourd'hui divorcée sans pension alimentaire. Elle savait ce que sa grand-mère aurait dit :

« Ma chérie, as-tu besoin de demander ? Tu es et tu restes ce que tu as toujours été, une dame. Mais bien sûr en te tenant toujours prête à balancer un bon coup de pied dans les parties du salaud qui le mériterait. »

En même temps que ces rêves d'évasion, elle faisait aussi celui de se remarier. Elle recevait de temps à autre — et encore récemment — des lettres du soupirant qui l'avait emmenée à ce bal de lycée et qui était aujourd'hui un distingué sénateur à Washington, souhaitant savoir ce qu'elle devenait et signant affectueusement avec des petits cœurs. Mais il était impossible de ne pas regarder la vérité en face : la seule solution pour une femme était d'être non seulement salement riche, mais riche à un point répugnant, pour se prélasser dans les boudoirs, prendre des bains, grignoter des canapés au saumon et des chocolats de

Paris. Et de le cacher aux hommes, si possible. Qui aiment sentir qu'on a besoin d'eux. Parce que si on n'a pas besoin d'eux, soit vous, soit eux, partent en courant.

Elle avait le sentiment d'être une femme déchue qui n'a rien fait de mal. Elle ne s'était laissé sauter que par trois types pendant toute la durée de son mariage, en se limitant toujours aux meilleurs amis de son mari. Ça avait été vite réglé, vingt-huit minutes pour le plus long d'entre eux. Elle l'avait chronométré sur la montre que Steve lui avait offerte pour son vingt-neuvième anniversaire. C'était désormais une de ses piètres consolations de constater qu'en dépit de sa déchéance financière, des femmes, encore mariées, elles, soupçonnaient leurs maris de vouloir la sauter parce que, même avec un sein légèrement tombant, grâce à ses abdominaux quotidiens, elle conservait sa belle silhouette mise en valeur par des yeux bleus, réhaussée par un ravissant nez aquilin, des pommettes saillantes et des lèvres charnues.

Quand elle s'habillait pour assister aux ventes aux enchères de Sotheby's, elle ne cessait d'attirer les regards. Et ses anciennes meilleures amies de Bryn Mawr, qui n'étaient plus que deux et qu'elle ne voyait que rarement, avaient l'impression qu'elle pourrait maintenant essayer vraiment de leur voler leur mari, puisque les deux fois où elle avait été invitée chez chacune d'elles, des vins exceptionnels avaient été servis.

« Incroyable ! John sort de ces vins, château ceci ou cela, et les fait décanter deux heures à l'avance. Il doit vraiment penser que tu as le palais fin.

— C'est le cas. »

Et en dépit des Martini, elle avait en effet le palais fin. Ce qui avait fait dire à Steve que c'était plus cher d'éduquer le palais que d'aller à l'université. Aucune des deux épouses n'appréciait non plus qu'elle mangeât avec entrain tout en restant mince. Et elle possédait encore vraiment mieux qu'un palais raffiné. Elle savait aussi que les deux maris savaient et pensaient qu'en plus de ses chastes *twin-sets* en cachemire et de son rang de vraies perles, elle était capable de leur faire la meilleure des pipes, à leur en donner des bourdonnements dans les oreilles. Pratique qu'elle avait portée à la perfection, et pipes qui étaient considérées à Bryn Mawr comme une manière diplomatique de rester vierge. Qui plus est, les deux maris lui avaient déjà fait des avances, osant même mentionner, par euphémisme, le nom d'un motel où ils pourraient se retrouver à l'heure du thé.

Mais, vacherie de vacherie, elle considérait qu'elle était une dame trop excentrique pour des séances de baise impromptues dans des motels de bord de route, dont l'hygiène pouvait bien vite vous faire dire : « Bon sang, qu'est-ce qui m'a prise ? » Particulièrement depuis qu'elle avait commencé à lire de la poésie moderne et que pas un de ces stupides salauds n'avait entendu parler de John Betjeman, sans parler de Hugues ou Heaney. Ce qui était devenu pour elle le moyen infaillible de tester le quotient culturel des gens, de découvrir si, avec tous les diplômes dont ils se vantaient, ils n'étaient pas seulement de purs produits de la culture la plus académique, n'ayant jamais entendu parler non plus de l'architecte puriste Adolf Loos.

Désormais, ce n'était plus sa seule connaissance, mais aussi son amour de l'art qui progressait par sauts et par bonds à chacune de ses visites bimensuelles à New York dans les galeries. Cela lui avait procuré, au cours de cette dernière année des plus effroyables, une routine à savourer d'avance et une raison de vivre. Même en mangeant les sandwiches à la tomate, au concombre et au fromage qu'elle avait fourrés le matin dans son sac à main et qu'elle dégustait en buvant sa Thermos de thé de Chine léger, assise sur un banc dans le parc, jetant les miettes aux moineaux et aux écureuils.

La dame du bureau des abonnements du Musée d'art moderne était d'une politesse si plaisante, si encourageante, qu'elle avait fini par s'abonner, malgré son appauvrissement croissant. Et elle était toujours heureuse de pouvoir passer au moins une heure dans le hall d'entrée, particulièrement les jours de froid, à regarder les gens aller et venir, chaque visage affichant une expression singulière d'intérêt pour la culture. La seule chose déconcertante étant qu'au milieu de la contemplation des peintures, elle eût toujours un besoin pressant de faire pipi. Et la voix de sa grand-mère au creux de son oreille :

« Ma chérie, si c'est vraiment un besoin pressant, seulement dans des toilettes propres, très propres. »

Et comme elle s'en aperçut, les toilettes de la plupart des musées, au départ immaculées, avaient tendance, au cours d'un après-midi prolongé, à être trop utilisées, et n'étaient plus du tout à sa convenance. Toutes, à l'exception des toilettes pour dame de la vaste et vieille demeure qui abritait la collection Frick, où elle trouvait quelque chose d'agréablement intime à la splendeur astiquée du marbre, en dépit du fait qu'elles fussent situées au sous-sol, dont l'obscurité même procurait cependant une incroyable sensation de sécurité.

Mais elle avait prudemment répertorié toutes les options disponibles pour les toilettes où elle avait l'habitude de se rendre. Juste à côté du Metropolitan, il y avait les toilettes parfaitement entretenues d'un hôtel. Quand le portier commença à la reconnaître à chacune de ses visites presque programmées, il se mit à la regarder d'une façon sinon inamicale, du moins suffisamment insistante pour donner à penser qu'il ne se souvenait pas de son nom et pour qu'elle dût prétendre, en retour, être une cliente. Même si lui-même et le reste du personnel restèrent impeccablement courtois, elle prit finalement la décision de chercher d'autres destinations pour son paisible pipi.

Et *presto,* alors qu'elle explorait d'autres coins de la ville et d'autres galeries, des endroits parfaits firent leur apparition, le Plaza et le Pierre, ce dernier étant moins encombré et plus discret. Mais les meilleures de toutes se révélèrent être celles de deux entreprises de pompes funèbres de luxe, situées de chaque côté de Central Park et qu'elle allait visiter, au prix d'une petite marche. Ces deux endroits étaient, trouva-t-elle, merveilleux, curieusement réconfortants et propices à la réflexion. Faiblement éclairés. Couverts de moquettes douces et profondes, avec partout des boîtes de mouchoirs en papier pour essuyer les larmes et des toilettes d'une propreté absolument immaculée.

Et la vie devenait à peu près tolérable ces jours-là, malgré les contraintes matérielles pesant sur sa survie. Même si on était à New York, Bourse du monde où même un sourire a son prix. Et où errent tant de découragés. Où aussi tant de morts non réclamés restent inconnus, abandonnés à Potters Field sur l'île de Hart, au large de Pelham Bay. Mais elle était toujours vivante, assise sur les fauteuils d'osier reluisants, fonçant vers la ville dans le *New York Central*

Express. Et dès qu'elle était assise, elle se livrait à ses pensées non expurgées et remarquait en traversant Crestwood, Fleetwood et Woodlawn que tous ces noms contenaient le mot « wood ».

Elle pensait aussi que les femmes ne savaient plus quoi faire d'elles-mêmes ces temps-ci, qui ne les transformât pas en mégères. Pas une de ses amies qui ne fût malheureuse. Soit rendues idiotes par les enfants, soit mariées à un honnête et laborieux mari, ou encore non mariées, seules avec leur carrière et leur succès. Et la catastrophe du retour de bâton du féminisme dans tout ce foutu pays mettait chacun dans le même état d'esprit minable, féminisant les hommes ou les transformant en salauds plus parfaits que jamais. Et tout le monde désespérément ou diplomatiquement conformiste, et terrifié d'appeler les choses par leur nom.

Même les souvenirs fuyants de sa mésentente avec Steve ne semblaient pas si terribles, fût-ce à son apogée. Comme lorsque, ayant déplacé un petit peu les meubles du salon, ce qui, elle le savait bien, déplairait à Steve, elle était restée plantée là et s'était dit : « Si ce sacré fils de pute rentre de voyage et replace le cendrier un centimètre sur la gauche comme il l'a fait la semaine dernière et les semaines précédentes, je vais lui filer un coup de hache sur la tronche, ce qui devrait, compte tenu de ses obsessions sexuelles, lui faire payer autre chose par la même occasion. » Elle espérait que sa grand-mère au Ciel n'ait pas entendu les propos vulgaires qu'elle venait de tenir.

Maintenant qu'elle faisait partie de la classe ouvrière, elle voulait se rappeler sans cesse qu'elle avait connu des jours meilleurs qui, au moins, pourraient encore occuper son imagination. La seule différence, c'était l'argent. Elle avait autrefois parcouru la grande plantation de sa grand-mère au bord de la mer et fait avancer son canoë au milieu des alligators, et risqué, avec un sentiment d'excitation, la mort par morsure d'un serpent mocassin ou piqûre de frelon. Mais il était difficile d'imaginer à présent que la même grand-mère sudiste avait voulu la replonger dans son code des bonnes manières. Elle lui répondait toujours, quand elle demandait pourquoi elle ne pouvait faire telle ou telle chose :

« Parce que, ma chérie, tu as été élevée pour devenir une dame. Une dame. »

Elle l'était devenue et l'était restée. Mais plus tout à fait dans le sens donné par le dictionnaire. Elle se sentait prématurément abandonnée, comme si on l'avait ajoutée à la pile des déchets gériatriques qui grandissait d'une côte à l'autre du pays. Et peut-être même au Canada où un tas de vieux, n'ayant pas à s'inquiéter que les médecins posent leur stéthoscope sur leur portefeuille ou porte-monnaie, sont en bien meilleure condition physique. Elle avait tendance à devenir très britannique et qualifiait les sujets déplaisants de tas d'âneries.

Elle aurait souhaité aussi que chacun dans ce pays effaçât le sourire faux qui décorait son visage. Mais essayer à présent de changer et de lutter pour se retrouver à l'état de matrone réjouie, passant sa vie à éviter la corpulence blette et les dents qui se déchaussent, était une humiliation de plus qu'elle se sentait incapable de supporter. Mieux valait devenir recluse et être rejetée. De plus, elle découvrit qu'elle était contente d'éviter les gens qu'elle connaissait, et elle eut l'impression que le degré de sa satisfaction était au moins égal à celui de la culpabilité des gens qui la fuyaient. Mais il y avait une chose à laquelle elle ne s'était absolument pas attendue, c'était l'importance qu'avait pris dans sa vie l'argent, qu'elle était obligée de compter afin d'avoir un endroit où dormir. Ses finances considérablement réduites avaient transformé son existence du jour au lendemain, d'une bonne vie affairée où elle était fière d'être qui elle était, à celle qui lui donnait le sentiment d'avoir toujours à s'excuser. Et la vente de sa Jaguar puis de sa Volvo d'occasion, qui entamait un peu plus son indépendance, la condamnait à la condition humiliante d'avoir à être vue sous la pluie, attendant le bus local. Sa seule consolation étant, tandis la pluie la trempait, que sa grand-mère avait dit :

« Ah, ma chérie, des gens très bien prennent le bus. Mais à New York, peut-être seulement sur Madison et la 5e avenue. »

Toutefois, un mari ou deux ne la rejetaient pas, et une épouse ou deux se sentaient nerveuses. Au moins, sa compagnie valait mieux que de devoir explorer les orgies qui se déroulaient dans l'arrière-salle d'un des motels les plus notoires le long de l'autoroute, où des membres respectables de la communauté étaient connus pour avoir enlevé plus que leur imperméable. Un meurtre, récemment, les avait un peu guéris. Ainsi que la perspective d'attraper une maladie dégueulasse.

Mais une manifestation de débauche collective était-elle pire que les moments où, sombrant si loin dans sa solitude, elle ne faisait que rester, assise comme elle l'avait fait ce soir, à boire de la vodka glacée et à écouter indéfiniment Mahler ? Puis au dernier accord, la tête dans les mains, se mettre à sangloter sur sa condition dramatique ? Et, dans cet état, aller se coucher ? Et, mon Dieu, à minuit et demi, en train de lire et de s'assoupir, être réveillée par un son qui n'était pas du Mahler mais la sonnette de l'entrée ?

Cela s'était produit plusieurs fois auparavant et elle n'avait pas répondu. Mais la lumière était toujours allumée. Et les deux fois où elle avait fini par ouvrir la porte prudemment, cela lui avait procuré pendant au moins deux heures une compagnie, avant de se transformer en embarras d'avoir à supporter le halètement muet et désespéré des seuls types disponibles — lesquels se trouvaient toujours être les maris de quelqu'un et débarquaient toujours trop tard, quand elle était déjà sous les couvertures essayant de lire au lieu de se masturber pour s'endormir. Elle savait déjà, au bruit de la sonnette, que celui qui se trouvait derrière la porte était en train de tituber, ivre mort.

« Eh Joy, c'est moi, Clifford. »

Et si maintenant, par stupidité, elle ouvrait, après qu'on lui eut plaintivement demandé de le faire, il serait probablement incapable de monter les escaliers. Mais sa lumière étant restée allumée, il était susceptible de hurler de nouveau et sa voisine immédiate, de l'autre côté du mur, une vieille dame raffinée dont le mari venait de mourir, pourrait avoir une attaque. Puis elle sut qu'après l'avoir laissé entrer sans gaieté de cœur, elle se jetterait sur lui avec une agressivité incontrôlée pour tenter de le renvoyer chez lui. Se demandant aussi, quand il essaierait de l'embrasser, si elle n'aurait pas à s'emparer, sous un coussin où il était caché en permanence, d'une des seules possessions de valeur qui lui restaient, le Smith & Wesson modèle 67 en acier nickelé, un calibre 38 pas si petit que ça, avec de superbes balles en plaqué or dans le barillet, du haut de gamme. Une minute plus tard, tandis qu'il cherchait, après quelques plaisanteries vaseuses, son équilibre au milieu du tapis de sa salle de séjour, elle le gratifia d'une de ses réflexions en plaqué or :

« Que veux-tu ? Pourquoi es-tu ici ? À une heure pareille. Que cherches-tu ?

— Eh, je suis désolé, je ne pensais pas te tirer du lit. Il est un peu tard. Quelle heure ? Une heure du matin. Je suis venu, j'imagine, parce que j'ai envie d'être ici.

— Très bien, c'est formidable que tu te sois trouvé un endroit où aller après minuit. Mais ça ne me suffit pas pour t'accorder l'hospitalité. Pourquoi n'irais-tu pas retrouver ta femme ?

— Eh, Joy, je ne voudrais pas sortir des banalités à une heure pareille, mais je te jure que c'est la vérité, elle ne me comprend pas.

— Et tu penses que moi oui. Eh bien, tu as raison. Mais tu ne vas pas être flatté de l'entendre, particulièrement sous la forme d'une opinion impartiale.

— Eh bien, vas-y, Joy, ouvre le feu.

— Je vais le faire. À mon avis, tu es marié à la plus immonde garce que ce foutu monde ait jamais inventée.

— Quoi ? Eh, doucement. Nom de Dieu, tu n'y vas pas de main morte, Joy. Elle est la mère de deux enfants adorables. Bon Dieu. Sans déconner. Bon d'accord, c'est peut-être vrai. Je suis beaucoup trop ivre pour nier quoi que ce soit.

— Mais sa fortune inépuisable t'aide à maintenir les liens sacrés du mariage.

— Eh, du calme. C'est vraiment un coup bas. D'accord, Celia est riche, mais ce n'est pas de sa faute si elle a de l'argent. Et j'ai un bon boulot et un bon salaire. Mais je passe pas mal de temps loin de la maison. J'imagine que c'est la raison pour laquelle elle ne me comprend pas. Plus le fait que Celia n'éprouve carrément aucun intérêt pour le sexe.

— Et tu veux que quelqu'un d'autre se charge de fournir cet ingrédient indispensable au confort conjugal ?

— Mais non.

— Et sinon ça, une petite pipe peut-être ? Et c'est la raison de ta présence ici.

— Eh, une minute, Joy. Nom de Dieu, je suis venu ici pour te voir. Pas pour te sauter ou me faire sucer. Je te promets.

— Eh bien, je te promets que je suis vraiment en train d'y penser.

— Quoi ?

— Oui vraiment, pas la peine de tomber dans les pommes. Te sauter ou te sucer. Si tu mets cinq cents dollars sur la table. Et à condition que ça ne prenne pas plus de vingt minutes. Enfin, disons vingt-cinq minutes. En tout cas, seulement quand j'aurai vu les cinq cents dollars. Et à ce moment-là seulement, j'envisagerai.

— La vache. Eh, Jocelyn, arrête, tu ferais un truc pareil ? Qu'est-ce qui te prend ? Quel genre de fille es-tu devenue ? La vache ! Tu as besoin d'aide ?

— Soyons plus précis, et la vache, comme tu dis : as-tu, oui ou non, besoin de te faire sauter ou sucer ? Parce que sinon, et si tu n'as pas cinq cents dollars, je vais retourner me coucher. Il est tard.

— Merde, tu es allée dans les meilleures écoles, nom de Dieu. Bryn Mawr. Cinq cents dollars !

— Qu'est-ce que Bryn Mawr a à voir avec mon prix ? À moins que ce ne soit pas assez ?

— On n'enseigne pas ce genre d'arithmétique aux filles de Bryn Mawr, que je sache.

— Qu'en sais-tu ?

— Pourquoi ferais-tu une chose pareille, Jocelyn ? Ici, à Scarsdale, nom de Dieu ! Dis-moi pourquoi ?

— Pour être précis géographiquement, nous sommes à Yonkers, pas à Scarsdale.

— Eh, en tout cas tu es tout près de la limite, ou même dessus.

— Qu'on soit à Scarsdale ou à Yonkers, je te propose de te baiser parce que j'ai besoin d'argent. Et tu n'obtiendras rien de moi ou dans moi sans ça.

— Merde, attends un peu. Bon Dieu, je peux te dire que c'est un choc pour moi. Ça ne t'embête pas si je m'assois. Il faut que je prenne la mesure de tout ça. Merde, ça voudrait dire que je t'achète, purement et simplement.

— C'est exact. Peut-être pas purement, mais simplement, ça c'est sûr. Cinq cents pour vingt minutes. Désolée, je crois que j'ai dit vingt-cinq minutes. Je te donne quinze secondes pour y réfléchir. Mais ne te crois pas chez toi. Ou est-ce que je ferais mieux de te donner cinq secondes dans la mesure où je suis en pyjama ? Un. Deux. Trois. Quatre. Cinq.

— Joy, tu es vraiment belle dans ce pyjama. Je t'assure. Tu as toujours ta silhouette d'athlète.

— J'ai dit cinq secondes. Le marché te convient ?

— Ouais. D'accord, d'accord. Moi qui croyais que tu étais une dame !

— Eh bien c'est ce que ma vieille mère, ma grand-mère et ma gouvernante m'ont appris à être. Et sous leur tutelle, on m'a inculqué le principe d'être gracieuse à l'égard des gentlemen, terme qui sans doute ne convient plus aujourd'hui pour désigner les hommes. Toutefois, je ne vois guère comment, en étant aussi directe, je ne serais pas gracieuse. Si ce n'est que les circonstances actuelles me forcent à faire payer le gentleman en question.

— Non, non. C'est vrai. Si tu as besoin d'argent. Mais merde, cinq cents dollars !

— Très exactement.

— Bon, le problème, Joy, c'est que je vais être un peu juste.

— Clifford, je suis désolée. Mais le problème du marché, c'est que si on est ou qu'on prétend être une dame, il faut avoir des tarifs élevés. Adieu. Je veux aller me coucher. Je prends le train pour New York de bonne heure demain matin.

— Merde, tu ne peux pas me donner un verre de quelque chose ? Juste un petit coup de Jim Beam ou de la vodka que tu as là ? Avec un peu de glace. Et laisse-moi compter combien j'ai sur moi.

— Si ce n'est pas cinq cents dollars, ne te fatigue pas. Le verre, c'est cinq dollars en plus. Et n'essaie pas de t'installer ici.

— Eh Joy, tu n'es pas à la tête d'un bordel avec débit de boissons, que je sache ? Tu sais que je ne suis pas du genre à insister. Merde, c'est en train de devenir la nuit la plus dingue de mon existence ! Et ça ne me dérange pas de te dire que c'est un putain de choc. Je veux dire, tu t'intéressais à l'art et au sport. Tu étais un très bon fusil, si je me souviens bien. Tu sais, bang bang sur les cailles quand Steve et toi et nous tous étions allés chasser sur la plantation de ce bon vieux John en Géorgie.

— Ça n'a absolument rien à voir avec l'affaire qui nous occupe.

— D'accord, d'accord. Je savais que les choses ne devaient pas bien aller quand tu as arrêté le tennis, le bridge et le ball-trap et quitté le country club. Mais sans mentir, je ne pensais pas que ça allait si mal. C'est vrai, personne ne t'a invitée ou emmenée dîner récemment ?

— Chéri, je ne connais même pas un être humain qui m'ait invitée ne serait-ce qu'à une foutue promenade.

— Mais Joy, bon sang, c'est peut-être dû au fait que plus personne ne sait vers qui se tourner dans la société aujourd'hui. Avec le genre de trucs qui se profilent à tous les coins de rue, je veux dire, les amis qui se connaissent de longue date ont intérêt à se tenir les coudes. Les types ont peur de se choper une maladie.

— Les femmes aussi.

— Ouais, je sais. C'est pourquoi il faut trouver des gens bien pour partager leur intimité, des gens que tu connaisses et en qui tu aies confiance.

— Amen, chéri.

— Eh. Nom de Dieu, je fouille mes poches et voilà que je retrouve un bouton doré de mon blazer. Bon, d'accord. Voilà. Cent trente-cinq dollars et quatre-vingt-six cents. C'est tout ce que j'ai, avec ma carte American Express. J'ai tout un paquet de cartes de crédit. Regarde. Et qu'est-ce que c'est que cette histoire de m'appeler chéri ?

— Ce n'est pas comme ça que les call-girls appellent leurs clients, puisque pour elles ils sont tous pareils ? Et avec cent trente-cinq dollars, tu n'es pas un client mais tu mérites quand même que je t'appelle chéri. Alors il faut vraiment que tu rentres chez toi. Et que tu mettes de l'argent de côté.

— Nom de nom, c'est vraiment quelque chose. S'il te plaît, verse-moi un autre verre tant qu'il pleut encore dehors. Nom de Dieu, Jocelyn, sans plaisanter. Je ne sais pas comment prendre tout ça. Est-ce que c'est une sorte de réaction revancharde et tordue, héritée de Bryn Mawr et de ta naissance dans le Sud en quelque sorte ?

— Si je suis née en quelque sorte, c'était brièvement à la frontière de la Caroline du Nord. Mais j'ai fréquenté un prétentieux lycée de filles, et j'avais une prof lesbienne très franche qui a été hélas renvoyée, à la suite de propos selon lesquels il fallait faire payer les hommes pour tout ce qu'on leur accordait et dont la devise était : “Le snobisme mène à tout, souvenez-vous en les filles !”

— Merde, ce n'est pas du snobisme, Jocelyn, c'est de la prostitution. Tu devrais te trouver un type et te sortir de cette situation.

— Je crois que tu devrais terminer ton verre.

— D'accord, mais peut-être que tu devrais faire du yoga ou trouver une bonne agence matrimoniale.

— Je l'ai fait.

— Vraiment ?

— Oui. Et il s'est même trouvé que j'ai rencontré un amour de type.

— Ce qui veut dire, j'imagine, qu'il était sacrément riche.

— Eh bien, il avait certainement plus que cent trente-cinq dollars, mais surtout il était gentil et attentionné. Cependant, il avait perdu sa femme et ses quatre enfants dans un accident d'avion et avec moi et mes enfants ingrats, ça donnait une relation qui tournait aux funérailles. Et c'était bien le cas. Nous éclations en sanglots tous les deux. Mais, comme ce soir, je commence à m'habituer à toutes sortes de situations existentielles avec les types que je rencontre.

— Mais, bon Dieu, Joy, mariée comme tu l'as été et venant du milieu d'où tu viens, tu t'es transformée, excuse le mot, en femme de petite vertu.

— Je crois que le mot auquel tu penses est putain. Et tu n'as pas de quoi t'en payer une. Je veux dire que j'ai bien peur que le fait que tu sois fauché ne m'excite pas beaucoup. Et je te fais simplement la faveur de te donner un prix pour te fournir un service.

— Je ne suis pas fauché. Et je n'aurais jamais cru entendre des mots pareils dans ta bouche. J'aurais très bien pu obtenir ce que je voulais pour rien, si ce n'est au prix d'une bonne soirée, avec une bonne douzaine de filles très consentantes au bar que je viens de quitter. Et certaines d'entre elles n'étaient pas mal du tout.

— Alors retournes-y avec tes cent trente-cinq dollars. Parce que, chéri, ici il te manque trois cent soixante-quatre dollars et quatorze cents. Alors tu ne pourras même pas ne serait-ce que flairer ta bonne vieille copine. Pas même de là où tu te trouves. Et restes-y.

— Nom de Dieu, Jocelyn, puisque tu appelles un chat un chat, laisse-moi te demander encore si tu as besoin d'aide ou de quoi que ce soit. Tu sais qu'avec les maladies vénériennes de nos jours, tu as intérêt à être prudente. Mais la vache, je n'en reviens pas que tu fasses ça pour de l'argent ! Je n'en crois pas mes oreilles, vraiment, sans plaisanter, tu n'es plus celle que nous avons connue quand tu as épousé Steve.

— Tu as sacrément raison. Et je suis sacrément écœurée des types qui pensent que je veux être baisée par eux sous prétexte que je vis seule ici sans protection apparente dans ce petit appartement sans ascenseur. Je suis tout aussi préoccupée que toi par les maladies. Et comment sais-tu que je n'ai pas la chtouille et un granulome inguinal et tout ce qu'on peut imaginer ?

— Joy, la vache !

— Eh bien, je n'ai rien. C'est juste un terme que j'ai trouvé dans un livre de médecine.

— Merde, Joy, tu peux arrêter ce genre de plaisanteries ?

— Je ne plaisante pas. J'ai quarante-deux ans et je me suis fait virer hier de mon boulot de serveuse. C'est ça. Serveuse. La femme de Steve, moi qui étais à Bryn Mawr et vis à Scarsdale, ou à la limite en tout cas. Ce n'est pas que ça m'embête d'être serveuse. Mais en tant que serveuse, on me faisait sans arrêt des propositions. Et je n'ai pas de pension alimentaire. Et bientôt ce sera la ménopause.

— Eh, ma chérie, tu n'as vraiment pas l'air de quelqu'un qui approche de la ménopause. Tu vis simplement un après-divorce un peu excentrique et peut-être as-tu vécu seule un peu trop longtemps. Mais on peut dire que tu es bonne en arithmétique. Je veux dire, qu'est-ce qui s'est passé, tu as sans doute ramassé près d'un million de dollars pour la maison il y a moins deux ans, et plus encore à la vente de tes meubles ? Tu n'as pas perdu tout cet argent dans des investissements foireux, non ?

— Rien de tout cela ne te regarde.

— D'accord, d'accord. Mais en tant que vieil ami, j'aurais pu te mettre en garde contre ces types qui veulent te bâtir une cathédrale financière. Tu parles d'un édifice. Mais plus d'un édifice s'est mis à tanguer sur ses fondations et a fini en tas de gravats. Bon sang, j'aimerais bien que tu sois un peu plus amicale.

— Ce serait bien, n'est ce pas ? Mais je ne vois pas bien, maintenant que je vis du mauvais côté de la barrière, à quel sujet je pourrais être amicale et avec qui dans cette communauté, dans la mesure où, lors de mon dernier grand dîner, quelqu'un a été assez inamical pour emprunter une boîte à thé en argent de grande valeur. Plus une tabatière Meissen d'une valeur encore plus grande.

— Je ne peux pas le croire. Personne parmi les gens que nous connaissons ne ferait une chose pareille. Ne pense pas que j'ai des préjugés, mais as-tu invité quelqu'un du Bronx ou quelque chose comme ça ? Tu ne crois pas que tu commences à avoir une araignée dans le plafond, ma chère ? Je ne plaisante pas. Ce sont des propos de paranoïaque, non ? Mais continue, j'aime t'écouter.

— Un peu que c'est paranoïaque ! Il n'y a pas longtemps, un nouvel ambassadeur à Londres a invité la crème de la société londonienne au moment de sa nomination, et chaque objet d'art dans le salon a été subtilisé.

— Non, vraiment ? Je croyais que les Anglais étaient honnêtes. C'est bien ce que je disais. Le monde entier est en train de s'effondrer. L'éthique, l'honnêteté, tout.

— Et il est grand temps que tu rentres chez toi.

— Merde, Joy, au nom du bon vieux temps, sers-moi encore un verre et donne-moi un ou deux bretzels, s'il te plaît.

— Arrête de m'appeler Joy. Mon nom est Jocelyn. Et je n'ai pas de bretzels. Rentre chez toi. C'est une violation de domicile.

— Nom de Dieu, violation de domicile. La vache. Je suis vraiment scié. Toi, en train de devenir call-girl !

— Et toi chéri qui en meurs d'envie, mais n'a pas les moyens de te la payer, ce qui fait que je n'en suis pas encore une.

— Mon nom est Clifford, arrête de m'appeler chéri. Bon Dieu, c'est un numéro sacrément long que tu me joues, mais si tu veux que je sois franc, c'est aussi une conversation sacrément honnête. Il se trouve simplement que je n'ai pas cinq cents dollars sur moi à l'instant. Où est le problème ? Je veux dire, tu considères toujours le marché ?

— Ouais, je considère toujours le marché. Comme je l'ai déjà dit, dès que j'aurai vu les cinq cents dollars, j'envisagerai.

— Bon, je te devrai donc le reste. Je l'aurai demain matin à la première heure. Je te l'apporterai.

— Tu parles ! Tu ne remettras plus les pieds ici. Et ne fais pas ça !

— Allez. Regarde. Le voilà. Depuis le temps qu'il attend. Dur comme du béton. Seize centimètres et demi. Allez, sois gentille avec le petit garçon. Eh, qu'est-ce qui te fait marrer, bordel ?

— Toi. Tu viens de prononcer les mots les plus originaux de toute la conversation. Le petit garçon. Remets-le dans ton pantalon et va demander à ta femme d'être gentille avec le petit garçon. Et je ne hurlerai pas au meurtre à travers ces murs fins comme du papier à cigarettes pour appeler à l'aide la veuve d'à côté et une vingtaine d'autres curieux alentour qui se demanderaient pourquoi je suis agressée et ce que fait ta voiture devant chez moi, et appelleraient la police.

— Eh, j'ai des amis là-bas, ne t'inquiète pas. Allez. Viens dans ta chambre. Je suis sûre que tu vas adorer.

— Reste là où tu es.

— Nom de Dieu tout puissant, c'est un vrai flingue que tu as là !

— Tu parles que oui.

— Jocelyn, je ne plaisante pas, pose ce truc. Le coup peut partir.

— Tu remets ta bite dans ton pantalon et tu dégages, parce que je peux t'assurer que le coup va partir si tu ne le fais pas. Dégage. Avant que je ne crie au feu et au viol. J'espère que tu as aussi des copains chez les pompiers.

— D'accord, d'accord. Tu as gagné, c'est comme si j'étais parti. Je suis parti. Ça c'est sûr, tu n'es plus la Jocelyn que j'ai connue. Bon Dieu, tout ce que je proposais, c'était bien humain, c'est tout.

— Et moi je suis bien humaine quand je te dis de te tirer rapidement et de le suggérer à quelqu'un d'autre. »

Clifford était penché sur sa braguette à moitié ouverte quand il se dirigea de la salle de séjour vers le palier, se prenant au passage les pieds dans le tapis. Elle ne sut pas ce qui lui fit appuyer sur la gâchette, mais elle eut l'impression que c'était le geste approprié que de presser son doigt sur le morceau de métal incurvé. Sa retraite désordonnée la fit presque rire, et la balle frôlant son oreille sembla encore accélérer son départ. Ce fut aussi tellement bon quand le coup partit et que l'odeur âcre parvint à ses narines.

Quand elle éclaira le hall d'entrée, il y avait un trou exactement là où se trouvait l'ombre de la tête de Clifford. Il était passé à une vitesse à se rompre le cou pour descendre accroché à la rampe, puis, la lâchant à la troisième marche, il avait plongé la tête la première dix-huit marches plus bas. Et tâtonné dans l'obscurité pour ouvrir la porte et la claquer si fort derrière lui qu'il fit trembler tout l'immeuble. Sans la moindre menace qui pût ressembler à « Je vais te poursuivre pour cruauté mentale et rampe défectueuse. »

Sa voiture démarrant et rugissant au loin avec un crissement de pneus sur le gravier.

Un bruit de tôle fracassée. Ô mon Dieu, ce salaud d'ivrogne a percuté le bel érable caché au tournant de l'allée. Oh, nom de Dieu, il est mort. Ou pire, il a massacré l'arbre. Ses copains des sapeurs-pompiers en train de l'extraire de la carcasse écrabouillée. Ô mon Dieu, remercie le dieu auquel je ne crois pas. La voiture redémarre. Il est temps que je me fasse un chocolat chaud et retourne au lit dans la chambre qui me semble un peu plus petite chaque fois que j'y entre et me rappelle combien était spacieuse la maison de Winnapoopoo Road.

La vie s'est rapetissée, évanouie et écroulée. Tout comme le pénis de Clifford. Plus jamais je n'aurai la liberté d'apprécier un grand espace. Du grand lit double d'autrefois au petit lit à puces d'aujourd'hui. La coiffeuse à moitié collée contre la fenêtre pour occulter la lumière du jour. Mon Dieu, ça serre le cœur. Essayez de lire avec ça. Mais à présent angoissée d'avoir appuyé sur la gâchette. Il pourrait porter plainte. Avais-je vraiment l'intention de tuer ? Comme cela avait été le cas au cours de cette journée ensoleillée et solitaire, lors d'une promenade à cheval le long d'un ruisseau en Caroline. Le cheval reculant. Un mocassin gris et noir, dérangé dans son sommeil, prêt à mordre sa patte. Le soulagement ressenti une fois sa tête arrachée par une salve de mon calibre 12 et le reste du corps du reptile se tortillant dans l'herbe bruissante.

Pourquoi les types s'imaginent-ils toujours qu'une fille veut baiser alors que tout ce qu'elle souhaite, c'est prendre tranquillement et paisiblement un long bain et rêver éveillée en feuilletant un magazine ? Quelques roses aussi ne feraient pas de mal. Et un mot tendre soufflé au creux de l'oreille. Peut-être alors voudra-t-elle baiser. Un autre crissement de pneus. Mon Dieu, il revient peut-être. Non, c'est M. Potter de l'autre côté de la route. Qui n'arrive pas à dormir et encore moins à conduire. Et qui n'est pas gêné d'échouer finalement sur la pelouse de quelqu'un d'autre.

Ô jours heureux. Jamais au grand jamais je n'avais goûté un silence pareil à celui qui s'ensuivit. Ou le bruit au loin du dernier train rugissant sur la voie pour New York Central. Ou peut-être est-ce un train de marchandises ? Mais voici la pensée non expurgée et déprimante que c'est une nuit qui ne peut plus être consacrée à la lecture, mais à la masturbation solitaire. Si seulement je pouvais arriver à une quelconque concentration érotique. Et si j'évite la vision des parties de Clifford gigotant sous mon nez. Lequel Clifford en avait une aussi grosse que ce qu'il avait prétendu, ce qui le rendait un peu crédible, au moins pour une chose. Plus le fait qu'il ait joué arrière dans la première équipe de son institut supérieur perdu dans la cambrousse quelque part dans l'Ouest. Oh, et revoilà mon snobisme qui pointe le nez !

Maintenant, après cette débâcle, il lui faudrait essayer de supporter la succession de longues journées d'insatisfaction rentrée. C'était incroyable de voir à quel point l'université où vous étiez allé impressionnait les gens tout au long de votre vie. Et combien même cette impression pouvait changer du tout au tout quand vous faisiez savoir aux gens que vous aviez été serveuse pour payer vos frais de scolarité, comme elle avait dû le faire au cours de deux semestres de vaches maigres en servant ses inférieurs. Et, ô mon Dieu, quand vous commencez à examiner la moyenne bourgeoisie et ce qui est au-dessus, quel pays d'un snobisme insultant et suffisant se cache derrière l'Amérique ! Et cependant avec des jeans, des cigarettes et du Coca-cola, nous avions conquis culturellement la moitié de la planète et nous nous activions férocement à conquérir le reste.

Bon Dieu, le chocolat chaud est en train de bouillir sur la cuisinière. Il va avoir un goût de brûlé. Encore toute une nuit avant de s'endormir, qui rend demain si lointain. Continuer à vivre ces heures du désespoir mortel. Isolée dans une torpeur croissante. Voilà. Retourner dans ma chambre. Déjà en pyjama. Tirer les rideaux de la fenêtre. Affronter l'enfer de ne pas trouver le sommeil. Être capable de voir au moins les couleurs et les formes de toutes les peintures qu'on a appris à aimer et qu'on connaît comme si elles vous appartenaient permet de savourer intact un des derniers plaisirs qui vous restent.

Sanctuaire. Sanctuaire. C'est ce que chacun désire et ce dont chacun a besoin. Loin de tout plombier, électricien ou charpentier qui, repoussé après avoir discrètement suggéré une union charnelle, était prêt à profiter de sa solitude sans défense pour organiser l'arnaque du siècle afin de la déposséder des maigres fonds qui lui restaient. Appeler peut-être ce type triste ? Avant qu'il n'épouse sa secrétaire, dont il dit qu'elle est restée si loyale. Il a l'air d'un aristocrate. Ses yeux seuls vous racontent qu'il a perdu sa femme et ses enfants. Et il vous regarde comme s'il avait l'impression que vous pourriez les ramener à lui.

Tous les bons moments moisissant dans mon passé. Disparus, comme enterrés sous des montagnes de solitude angoissée. La pire de toutes les douleurs. Vraiment, je pourrais devenir une putain. Faire ça pour de l'argent. Quelle jolie petite affaire à court terme ça pourrait faire. Sur rendez-vous seulement. Discrétion garantie. Spécialisée dans les vieux messieurs distingués. À cinq cents dollars la pipe ou la passe, qui pourraient devenir six cents le samedi soir et inclure une bonne bouteille de champagne, musique de fond, encens et bougies.

« Arrête. Merde. Arrête. »

Sa propre voix, qui résonne si fort. Je vais réveiller cette pauvre vieille dame encore plus seule que moi. Ô mon Dieu, peut-être que je n'y arriverais jamais comme putain. Mon cul est encore bien, mais l'allure est en train de disparaître, si ce n'est déjà fait. Même si les types sur les chantiers ont arrêté de me siffler depuis des années, j'ai quand même encore droit à un ou deux sifflets de temps en temps. Je dois donc être encore un petit peu attirante. Il en faut juste assez pour que les types puissent encore bander. Traite chaque bite comme une saucisse de Francfort avec ou sans moutarde. Un massage préliminaire les fait jouir plus vite et ça permet un meilleur rendement.

« T'as eu ton compte, chéri. Au suivant. »

Un jour, au cours de ma première année à Bryn Mawr et lors de ma première visite à New York, n'ayant jamais pris un ascenseur rempli d'hommes seulement et montant à toute vitesse au cinquantième étage, j'avais lâché qu'il était beaucoup plus rapide à la montée qu'à la descente. J'avais rougi quand tous s'étaient tournés vers moi, et deux types avaient ri au moment où l'ascenseur parvenait au dixième, avec encore quarante étages à grimper.

Mais la vocation de prostituée arrivait au mauvais moment, avec cette maladie fatale. Et à moins que vous eussiez vraiment besoin d'être une prostituée, c'était une insulte pour vos enfants. Une profanation de votre université. Une infamie pour vos condisciples. Faisait que vos deux parents, qui avalaient déjà leurs pilules avec du gin, mourraient de honte sur-le-champ. Mais, pas de doute, c'était mieux que tout pour vous redresser le compte en banque. Mon Dieu, s'il te plaît, mets fin à mes inutiles pensées non expurgées parce que je veux essayer de dormir. Je veux garder le toit actuel, en tuiles de Cape Cod, au-dessus de ma tête. Sauve cette fille de la Révolution américaine d'un triste sort : être enveloppée de polyéthylène et assise à longueur de journée dans les meilleurs atriums de Manhattan, à manger du yaourt dans un gobelet de plastique. Avant que la vie ne me frappe aux seins, comme elle frappe les hommes à la prostate.

Elle faillit ne pas se réveiller ce matin-là, ensoleillé et frais, jour de la visite aux musées de la ville. Et s'entendit murmurer pendant le petit déjeuner : « En avant, soldat de la chrétienté, même si tu ne crois pas en Dieu. Et au moins, jusqu'à maintenant, tu n'es pas encore constipée. Beurre ton toast. Verse ton miel. Bois ton jus d'orange. Sirote ton café. Comme chaque penny qui s'en va. Qui est parti. Qu'est-ce que je suis en train de faire ? Qu'est-ce que je suis en train de faire ? Suis-je ? Suis-je ? En train de rassembler lentement. De rassembler des somnifères. Des somnifères. Vers la nuit. Pour dormir, dormir, dormir. Et reposer en paix pour toujours. »

Qui viendrait de Scarsdale à mes funérailles en Caroline et, près de ma tombe, devrait porter des bottes à cause des serpents dans l'herbe haute. Emporter avec moi dans la terre la terrible, terrible vérité. Mon bluff avec Clifford n'en aurait peut-être pas été un s'il avait eu les trois cent soixante-quatre dollars et quatorze cents. Je l'aurais peut-être laissé souffler et s'enfoncer en moi, simplement pour payer le loyer des prochains mois. Devenir une putain. Regarder en face la réalité de mon existence, je n'étais plus la dame que ma mère et ma grand-mère avaient, avec tant d'attention, prévu que je serais.

Le premier givre de l'année. Tourbillon de neige. Appeler un taxi pour aller à la gare. En fermant la porte sur le souvenir du souvenir de la nuit dernière. Le cimetière dans les bois. Les pénis tremblotants. Être gentille avec le petit garçon. Et ô horreur.

Voici Clifford sur le quai de la gare, avec un œil au beurre noir et le visage salement griffé. Debout, le col relevé dans l'air frais de l'automne. Et juste derrière lui le gentleman qui, tel un officier de la garde britannique, porte un manteau militaire gris, un chapeau mou et un parapluie fermé. Elle l'a déjà vu plusieurs fois. Le plus remarquable de tous les passagers du train. Et tellement américain en dépit de son déguisement qu'il en devient émouvant. La voiture de Clifford a été sûrement bien amochée la nuit dernière. Ou alors c'est sa femme qui l'a attaqué. Et quand il l'a aperçue, elle, elle a frissonné. Par bonheur, il s'est dirigé vers l'extrémité nord du quai, en compagnie de deux autres maris présents au fameux dîner, pour se cacher au milieu des banlieusards.

Dans un ciel menaçant et gris, des flocons blancs tourbillonnant sur le quai. Le sifflement des rails à l'approche du train faisant toujours l'effet d'un monstre vibrant et rugissant sur la voie ferrée. Monter. Un mélange étrange de gens qui pouvait modifier l'atmosphère dans le wagon. Ça pouvait même être quelques voleurs avec le butin de la nuit, en route vers les montsde-piété de la 125e rue ou sur la 8e avenue, après Hell's Kitchen. Au moins ai-je un exemplaire du *New York Times,* avec son rassurant petit encadré en haut à gauche de la première page. « Toutes les nouvelles qui méritent d'être imprimées. » Pour effacer mes propres titres de journal à scandales et toutes mes pensées qui ne méritent pas d'être pensées. Que deviendraient les gens qui réfléchissent sans ce journal ? Qui leur apporte le matin l'espoir quotidien d'une amélioration. Livré sur le pas de leur porte ou coincé sur la poignée de la porte d'entrée. Arbitre moral. Champion des pauvres et des opprimés. Du moins, je l'espère avec ferveur.

Le train s'arrête. D'autres représentants de l'Amérique des cadres montent à Bronxville. Idées oiseuses. À la fenêtre, de l'autre côté du quai, la First Westchester National Bank. Avec ses fenêtres accueillantes à moins d'un jet de pierre. Avec mon Smith & Wesson juste dans mon sac à main, je pourrais entrer et réclamer, l'air menaçant, un paquet d'argent. Passe-moi le butin. Ma pauvre chérie, ça ne sonne pas juste. Je serai prostituée bien avant d'attaquer une banque. Mais c'est la ville où se trouvait autrefois le vieil hôtel Gramatan, d'une majesté glaciale, comme un château fort au sommet de sa colline. On disait que c'était l'endroit préféré des amiraux diplômés d'Annapolis pour prendre leur retraite. Ils se retrouvaient sur une petite tour où ils pouvaient revivre leurs commandements en mer. Grand-Mère, lors de ses rares visites à New York, plutôt que d'aller au Waldorf, s'installait là pour l'air. Prenant le thé sur les vérandas ou dans un des grands sofas de l'immense hall d'entrée.

Le train démarre. Descend le long de la vallée où coule lentement le Bronx. Assise du côté droit, je ne vois pas la pancarte de la fabrique de cercueils, mais je ne peux manquer le passage des obsédants sépulcres, des tombes et des mausolées du cimetière de la colline de Woodlawn. Surprise par sa beauté sylvestre, quand j'étais allée voir un jour la tombe de Herman Melville. En tout cas, Clifford ne va pas aller raconter à sa femme au portefeuille bourré d'actions : « Eh, nom de Dieu, ma chérie, je n'ai pas trouvé un cul potable dans ce bar au bord de la route, je me suis donc pointé chez Jocelyn pour essayer de la baiser. J'ai sorti mon gros engin pour qu'elle voie comme il vibrait et cette vieille garce, qui tuerait sans complexe un pauvre tatou sans défense, m'a foutu une trouille bleue en voulant me faire la peau. »

Peut-être que je retournerai bientôt dans le Sud. Où je suis encore une impeccable sociétaire des Filles unies de la Confédération. Quelle perte de temps, au nord de la ligne Mason-Dixon, de prétendre être encore quelque chose dans la vie ! Quitter cette banlieue dépourvue de civilisation. Et quel est le problème si les salamandres grimpent aux rideaux dans les deux États de Caroline et foutent les chocottes aux Nordistes, et si les moustiques les bouffent jusqu'à l'os ? Du moment que les hommes se lèvent avec une attention respectueuse quand une dame entre dans une pièce. Et essaient vraiment de claquer leurs talons. Les Jardins botaniques. Une autre excursion à faire. Peut-être que le Bronx, ce n'est pas si mal que ça. La station où le train est arrêté à présent. Fordham University. Possède un sismographe. Les tremblements de terre qui ne font que rappeler encore une fois à quel point on est douloureusement seul. Avec un besoin désespéré de parler à quelqu'un (sans avoir à payer) au lieu de se sentir rejeté. Au lieu de payer cent cinquante dollars de l'heure, quand on n'en a plus les moyens. Des navires de guerre remontaient autrefois le Bronx. Plus qu'un filet boueux, à présent, serpentant au milieu de petites prairies glacées et désolées. Toutes ces choses historiques qu'il faut encore apprendre sur New York. Sa grand-mère qui disait que pas une âme qui fût quelqu'un ne vivait au-dessus de la 59e rue sur la 5e avenue. Et cela n'avait guère d'importance de toute façon, dans la mesure où New York était territoire interdit pour la bonne société.

On sait toujours quand on n'est plus qu'à dix minutes environ de Grand Central en entrevoyant les sinistres fenêtres des ghettos. Linge qui sèche sur des cordes tendues à travers les pièces. Bande d'enfants courant en tous sens autour d'un feu de joie, dans la rue pleine d'ordures. Le train s'enfonçant dans la pénombre de la partie souterraine du trajet. Les cinquante derniers blocs, à peu près. Des douzaines, peut-être des centaines de gens vivant dans les cavités de béton infestées de rats de ces tunnels du Styx. Les ampoules de loin en loin diffusant une faible lumière sur les voies qui convergent. Les passagers s'agitent, palpent leur portefeuille, attaché-case ou sac à main. Elle sortirait rapidement. Pour éviter tous les maris de Scarsdale. Prendrait le bus pour remonter Madison. Verrait toutes les femmes assises, avec des visages jeunes, grâce aux liftings, et des mains de vieilles.

Mais aujourd'hui, elle ferait des folies. Déjeuner au comptoir d'un drugstore sur Madison, près de la 86e rue. Un sandwich avec laitue, œuf dur et tomate, une part de tarte aux pommes et une tasse de café. Pas vraiment bon marché, mais suffisamment nourrissant pour le prix. Et le type adorable de l'autre côté du comptoir dirait gentiment : « Et voilà ! » Ô mon Dieu, si on pouvait seulement se concentrer, se concentrer seulement sur les choses les plus simples, la vie serait un plaisir sans fin.

Monter ces escaliers familiers qui lui donnaient toujours la sensation de faire la moitié du chemin vers le Paradis. Le Metropolitan avec une exposition de ses vieux peintres américains préférés, dont plusieurs Edward Hicks. L'après-midi qui file. Ses pieds s'activant jusqu'à trois heures. Elle eut l'impression un bref instant de voir l'homme aux cheveux gris, triste mais beau, qui avait perdu sa famille. Et se surprit à courir. Et puis il disparut au détour d'un couloir. Elle avait pensé à lui tant de fois depuis. Sa voix tellement agréable et remplie de tristesse. Lors de leur premier déjeuner au Russian Tea Room sur la 57e, quand elle avait insisté pour partager l'addition de leur modeste repas, il avait souri et dit que non, il paierait, que les dieux de la manne lui avaient été favorables et que rien ne lui ferait plus plaisir que de leur rendre la pareille.

Il y avait eu brièvement un autre prétendant à l'horizon, rencontré grâce à l'agence. Très bien lui aussi, simplement trop bon chic bon genre, traînant les pieds dans ses mocassins, marchant le cou cassé en avant comme un canard. Elle s'était demandé comment, avec cette allure ridicule et encore juvénile à quarante-huit ans, il pouvait bien gagner de l'argent. Il en gagnait beaucoup, malgré cet air innocent et stupide. Conduisait une Lamborghini et déclarait même son amour pour elle. Et finalement, pour lui mettre la main sous la jupe, l'avait demandée en mariage. Tout aurait été pour le mieux. Si elle n'avait découvert, quand sa femme avait téléphoné, qu'il était déjà marié et père de trois enfants, dont deux à l'université, et d'un quatrième en route.

Va-t-elle oser à présent aller faire pipi dans son nouvel endroit favori ? Mais oui, il le faut. C'est un besoin pressant de faire pipi. Ensuite, un déjeuner bien tard. Passant lentement, un break qui se gare devant cet immeuble en pierre rose. Visages sérieux de deux hommes qui manipulent un long sac noir sur un chariot pour ensuite remonter une allée sur le trottoir jusqu'à une porte latérale. Un corps emporté par la mort pour son dernier voyage. Ramassé dans un hôpital, ou quelque part où les gens sont encore autorisés à claquer.

Alors qu'elle tournait au coin pour entrer par la porte principale de cet élégant et digne sanctuaire, elle réalisa qu'il ne lui restait sans doute pas assez d'argent pour ses propres funérailles. Traverser le hall d'entrée. Odeur de l'encens qui brûle. Jamais en panne de noms. Trois chers disparus dans différentes suites. Les toilettes des dames au bout d'un long couloir sur la droite. Posés sur une table cirée, un cendrier et une boîte de mouchoirs en papier sous une lampe. Au moins vous pouviez voir que, si on vous amenait mort dans cet endroit et si vos héritiers en avaient les moyens, on s'occuperait bien de vous. Mais ses projets d'être enterrée en Caroline du Sud devenaient de plus en plus sérieux, dans le cimetière qu'elle avait si souvent visité, dans les bois de la propriété de sa grand-mère. Se retrouver avec ses grands-oncles qui étaient morts pour la Confédération et dont les tombes étaient gravées du drapeau confédéré et décorées de sabres dans leurs fourreaux.

Ô mon Dieu, quelqu'un vient de sortir de cette pièce du fond et se dirige droit vers moi dans le couloir. Et avec le soleil qui brille dans cette journée froide et mon tailleur en tweed vert. Je ne suis pas vraiment dans la tenue requise pour des funérailles. Il va me demander avec sollicitude si j'ai besoin d'une aide quelconque. Ou s'il peut me réconforter dans ma peine. Quel est le nom de la personne dont vous déplorez la perte, madame ? C'est moi-même. Et Stephen Foster, notre merveilleux compositeur. Qui a célébré notre pays. Et qui est mort dans cette ville, sans un sou et oublié.

Mais ce gentleman dans son costume gris sombre, chemise blanche et cravate en soie noire, doit voir passer tant de morts qu'il ne se souviendra pas de m'avoir déjà vue vivante ici. Ce qui est le cas. Et comme une idiote, je n'ai même pas pris la peine de relever le nom d'un disparu dont je pourrais parler. Que j'aurais dû lire sur le tableau en entrant. Un nom à consonance russe. Qui se terminait en « isky », ou quelque chose comme ça. Oh non. Ça, c'est le nom d'un génie de la stratégie à Washington qui nous prédit ce qui va se passer dans le monde et qui se révèle avoir toujours raison. Le genre d'avis qui me serait utile en ce moment.

Mon Dieu, les gens des pompes funèbres sont spontanément d'une gentillesse incroyable. Mais je ferais mieux d'éviter celui-là. Ah. Délivrée. Au moins je peux entrer ici pour l'instant. Cette porte n'est pas ouverte pour rien visiblement. Et quitter sa trajectoire. Dans la mesure où je suis presque sûre qu'il m'a déjà vue venir ici faire pipi, et qu'il ne serait peut-être pas aussi content de me voir recommencer. Ici tout repose en paix, pas de doute. Et ce n'est pas trop surpeuplé. Mon Dieu, quels chœurs magnifiques. Liturgiques et russes, on dirait... Et oh, mon Dieu, un cercueil. Quelqu'un dedans. Il faut que je sorte, les parents du défunt pourraient arriver. Le défunt, un homme. La lumière se reflétant sur les verres de son pince-nez. Le type des pompes funèbres jette un œil. Ferais mieux d'avoir l'air de faire quelque chose. Signer le registre. Inventer un nom et une adresse. Ô mon Dieu, quelqu'un pourrait poser des questions. Quels étaient vos liens avec le disparu que le Seigneur vient de rappeler près de Lui ? Je ne connais même pas le nom de ce pauvre diable. On pourrait m'accuser de nécrophilie. Ou peut-être simplement de nécromancie légère. Lorgnant les cadavres. À la recherche d'informations chez les morts. Comment c'est de l'autre côté du grand trou ? Jeter un coup d'œil dans le couloir. Il est encore là à arranger les fleurs. Gauchère, je vais signer le registre de la main droite. Je pourrais toujours dire que ce n'était pas moi. Laura, ce n'est pas mal. Laura Claridge Lancaster, le nom de mes deux hôtels préférés, c'est encore mieux. Ponfield Road, Bronxville, c'est une assez bonne adresse, et un numéro près de quarante en l'honneur de mon âge. Le monde appartient à ceux qui se lèvent tôt. Premier nom de la liste. Mais alors, je suis en train de me faire passer pour quelqu'un d'autre. Ils pourraient me demander mon permis de conduire. Une dame ne se fait jamais passer pour quelqu'un d'autre.

L'homme est toujours dans le couloir. Je sais qu'il doit me reconnaître depuis mes précédentes visites pour faire pipi, et il attend simplement que je sorte pour me dire que nous ne sommes pas dans des toilettes publiques. S'asseoir et soulager mes jambes. Au moins, je peux continuer à veiller ce vieil homme mort, il n'y a personne d'autre. Du rouge aux joues pour camoufler sa pâleur de fantôme. Vieux chic : chemise en soie et épingle à cravate en diamant. Une tête d'intellectuel, avec un grand nez. Une moustache pommadée. Ô mon Dieu, la sérénité absolue de cette musique magnifique. Une lueur verte derrière le cercueil. Le faire-part annonce *Chant chérubinique numéro sept* du compositeur Bortniansky, chanté par les Chœurs de l'académie de la République russe. Des voix comme des vagues sur une mer d'émotion. Une mélopée basse dans les creux. Montant triomphalement sur les crêtes. Vous serrant le cœur. Un frisson qui vous secoue des pieds à la tête. Un grand esprit est descendu. Pour m'emporter vers les régions les plus reculées et les plus inconnues de l'espace. Mais à cet instant précis, dans cette pièce vide, une chose est sûre. Qu'on le veuille ou non. J'ai un besoin désespéré de faire pipi. Et toi dans ce cercueil, tu as l'air d'avoir aussi peu d'amis que moi. Pauvre fils de pute. Mais pas aussi pauvre que moi. À tel point que si je ne deviens pas pute, je devrai me faire nonne. Rechercher la solitude, la simplicité, la frugalité, et une vie sans complications. Mais au moins, je sais à présent que ton bon goût en matière de musique te donne droit à mon nom et à mon adresse véritables. Que j'inscris sous le faux, de la main gauche. Je vais aller m'agenouiller et dire une prière d'athée.

Ah, enfin, la voie est libre dans le couloir. Et Mme Jocelyn Jones, dans son tailleur de tweed vert pâle et foulard violet, peut se relever dans la demi-obscurité, lisser les plis de sa jupe et braver la lumière plus intense du couloir. Non, je ne peux pas. Ô mon Dieu, l'homme en costume sombre est toujours là. Ô mon Dieu. Il s'incline en esquissant un sourire de sympathie. Les belles manières d'un homme du Sud. Sur lesquelles un directeur de pompes funèbres est censé compter pour faire face aux intrus. C'est peut-être la solution pour moi. Faire une école de pompes funèbres. Il doit y avoir des femmes embaumeuses ou entrepreneurs de pompes funèbres. Et si ce n'est pas le cas, il y aura bientôt un groupe de féministes pour traîner la profession en justice et exiger d'en faire partie. Braver la tristesse tous les jours. À se balader en longue blouse et gants de caoutchouc noirs. À travailler dur. Mais peut-être trop comme un esclave, comme un domestique. Ce qui pourrait conduire à Dieu sait quoi. Au début de notre mariage, Steve disait que me voir occupée à des tâches domestiques, balayer ou laver le sol, particulièrement si j'étais à quatre pattes pour frotter, l'excitait énormément. Et il ne mentait pas, il avait l'habitude de venir par-derrière me la coller avec les érections les plus colossales qu'il ait jamais eues, ce qui m'obligeait à me retourner pour constater qu'elle faisait trois centimètres de plus que d'habitude. Et finalement il m'avait fait porter de la lingerie léopard bordée de dentelle noire pour faire la vaisselle. Jusqu'au jour où, les yeux fermés en anticipation de sa propre extase, avançant vers moi avec son énorme érection, il avait poussé la porte de la cave à côté de moi et basculé dans l'escalier, la tête la première.

Marchant sur la pointe des pieds le long du couloir, un bas qui file. Personne n'aurait pu encore s'asseoir sur ces toilettes aujourd'hui. Vous avez des pensées tellement bizarres au moment où le soulagement de faire pipi vous remplit de joie. Est-ce qu'ils vident les morts de leur pisse comme de leur sang ? Lent examen de la détérioration de mon teint. La poudre qui fait des plaques sur mes joues et mon nez. Et même encore maintenant je suis tout excitée quand je fais le ménage, et plus c'est dégradant et plus ça m'excite. Sortir des toilettes avant que je ne me mette à frotter le sol. En pensant que Steve va faire irruption dans la pièce. Son ascendance paysanne, là où les femmes, véritables bêtes de somme, déterraient les patates à la pelle. Et tellement excitées qu'elles devaient baiser entre elles sur les tas de terre. Encore un sourire de l'homme au costume sombre, pourtant. Passer devant la porte de la pièce toujours vide. Avec les chœurs russes faisant résonner les airs du *Chant chérubinique* de Bortniansky.

Un groupe de personnes en deuil à la porte d'entrée au moment où Jocelyn Jones sort de l'établissement de pompes funèbres. Se dirigeant peut-être tous ensemble vers la pièce où repose le gentleman au pince-nez. Marchant à présent vers l'est pour tourner dans Madison avenue. Les foulards, les chaussures, les robes. Devant tous les magasins. Où on avait acheté sans compter autrefois. Le crépuscule sur les lumières vertes et rouges. Une telle sensation de tristesse, de tristesse. Le marchand de bretzels au coin de la rue. Et comme au temps de l'université, s'arrêter et en acheter un. Au coin de la 57e, revenir vers la 5e avenue. Une promenade tranquille le long de la colonne vertébrale de la richesse dans cette ville. Jusqu'à la grande pénombre de la gare de Grand Central, où circule sans fin un nombre incroyable d'étrangers. Cartier et Tiffany en chemin. Une toute nouvelle boutique, une sorte de Asprey, très anglais, vendant tout depuis les cure-dents en platine jusqu'aux aigles dorés grandeur nature. Les sans-abri fuyant l'aveugle qui vend des crayons, en colère parce qu'ils étaient en train d'envahir son territoire. Acheter un bretzel au type du chariot. Mordre dans la croûte salée. Université, mariage et famille, évaporés. Tout comme ses principes et ses critères. Même le bruit de ses pas semble solitaire. Des mendiants un peu partout. Comme eux très bientôt. Larmes aux yeux. Coulant sur mes joues. Après ça. Encore une étrange journée solitaire, dont je sais que je n'oublierai jamais l'horrible tristesse.

Parce que, lorsqu'elle est arrivée au Metropolitan aujourd'hui, elle est restée sur les larges marches au soleil. Pour regarder la performance d'un mime quelques marches au-dessous. Puis elle a aperçu un jeune couple qui avait l'air terriblement uni. Tous les deux de taille moyenne. Lui blond et elle châtaine. Des cheveux bouclés et si magnifiquement soignés, à l'opposé de la tendance actuelle, que cela leur donnait l'air d'être hors du temps et préservés des ravages de l'existence. Lui rappelant à la fois l'élégance de ses propres enfants ingrats, dont les portraits dans des cadres d'argent ornaient sa table de nuit, et la douleur d'avoir été rejetée par eux. Et voir à présent ce jeune couple, bras dessus bras dessous, si beau et si délicieusement amoureux. Elle les avait observés en train d'aller et venir sur les marches. La fille en tailleur de tweed, lui en veste de tweed et pantalon de flanelle. Ils avaient tellement l'air de venir d'un autre monde. Dans la mesure où le sien avait tellement changé. Puis le couple avait disparu. Elle aurait tant voulu les observer encore. Mais juste au moment où elle s'était retournée pour monter les deux marches qui la séparaient de l'entrée du musée, elle avait senti une main se poser délicatement sur son bras et, tout à coup, ils étaient devant elle une marche plus bas. Le jeune homme lui avait demandé poliment avec un doux sourire si elle était bien Lady Elizabeth Fitzdare, avec qui ils avaient rendez-vous à cet endroit même. Et elle avait répondu non mais qu'elle le regrettait. Et le garçon avait souri d'un sourire éclatant et dit qu'eux aussi le regrettaient bien. Et c'était cela qui l'avait fait pleurer en descendant la 5e avenue. Parce qu'il se pouvait bien qu'elle ne fût plus jamais une personne comme celle que ce couple romantique avait voulu rencontrer.

Au moment où elle avait pu finalement faire pipi dans l'établissement de pompes funèbres, elle s'était rendu compte qu'elle ne pourrait plus y revenir, maintenant qu'on l'avait reconnue. Mais, pas très loin, il y avait un hôtel tout à fait correct qui pourrait le remplacer et qui n'accueillait que des femmes. Noël approchait. Elle se demanda pendant des jours si elle allait appeler l'homme triste aux cheveux blancs dont le numéro n'était pas dans l'annuaire pour lui demander de prendre l'autoroute de Bronx River Parkway et venir dîner dans son modeste appartement, et si elle lui offrirait une cravate. Il avait dit qu'il était trop timide pour téléphoner mais qu'elle pouvait le faire. Il l'avait même dit en souriant et avec un s'il-vous-plaît. Mais après avoir composé plusieurs fois la moitié du numéro, elle perdait courage. Et raccrochait le combiné au dernier moment. Elle savait qu'il se rendait à un bureau et avait une secrétaire. Elle savait aussi qu'il avait quelque peu dissimulé le fait qu'il était riche, elle pensait même qu'il était extrêmement riche si on ajoutait une énorme indemnité en compensation de l'accident d'avion ayant causé la perte de sa famille. Il vivait dans un grand appartement au bout de la 57e rue sur l'East River, avec sept chambres à coucher, une femme de chambre à plein temps et une vue sur les remorqueurs qui passaient. Et même sans tenir compte de ça, elle savait qu'il était un joueur de tennis bien classé, membre du Racquet and Tennis Club où elle s'était retrouvée un week-end, quand elle était encore à Bryn Mawr, à devoir attendre hors du hall d'entrée dans la petite salle d'attente réservée aux dames. Et en tant que femme, cela l'avait agacée d'être tenue prudemment à l'écart du sanctuaire du club. À moins d'être autorisée, comme elle l'avait été ce jour-là, à assister à un Vrai Match de Tennis avec une poignée d'autres gens buvant Martini sur Martini dans une petite cage à l'extrémité du court.

Et à présent, trouver de la compagnie était le moindre de ses soucis. Il lui fallait, vraiment et désespérément, trouver du travail. Et ne plus se faire virer pour avoir versé du vin sur la tête d'un client. Regarder chaque jour les petites annonces dans le *New York Times*. Assez déprimée pour prétendre être Irlandaise ou Anglaise et devenir femme de ménage ou gouvernante. Ses enfants auraient alors vraiment une bonne excuse pour ne pas venir la voir, ce qu'ils n'avaient plus fait depuis plus de trois mois. Servir dans un de ces grands appartements de Park Avenue autour de la 72e rue, au moins serait-elle nourrie et logée, aurait du bon café et un vrai lit, une salle de bains et un petit salon. Et les employés de maison étant tellement exigeants de nos jours, elle insisterait pour avoir son téléphone, sa télévision, sa stéréo et sa voiture. Le seul inconvénient était deux amies de Bryn Mawr qui habitaient dans le coin, l'une dans un seize pièces et l'autre dans un vingt-six pièces. Mais, bon sang, elle serait mieux payée qu'une secrétaire. De plus, elle pourrait demander des gages supplémentaires pour donner des leçons de décoration et de courtoisie. Ou de maniement du Smith & Wesson si les deux premiers talents présentés ne convenaient pas.

Mais ô mon Dieu, peut-être une de ses amies en route pour un déjeuner au Colony Club en bas de l'avenue, dont elle-même n'était plus membre depuis qu'elle avait laissé des dettes impayées, la rencontrerait-elle dans son uniforme de domestique, en train de promener le chien. « Oh hello, Jocelyn, je ne savais pas que tu habitais par ici. » Mais non. Elles ne se parleraient pas. Elle ferait comme si elle ne m'avait pas vue. Voilà ce qu'elle ferait. Mais ô mon Dieu, pourrait-elle supporter de vivre à proximité et sous le regard de gens cupides et mal élevés, étalant leurs bijoux et leur mauvais goût ? Ce dont elle avait besoin, c'était de trouver un vieil homme, riche et cultivé, pas trop gâteux, qui posséderait une grande vieille maison avec une grande pelouse autour et avec qui elle écouterait des madrigaux, à qui elle pourrait lire Swinburne près du feu pendant qu'ils siroteraient leur Irish coffee après dîner.

Mais les petites annonces du *New York Times* ne permirent pas de trouver de travail, et encore moins de vieux messieurs à la recherche d'une compagne cultivée. Toutefois, elle tomba dans le *Herald Statesman* sur une annonce pour un travail temporaire d'assistante consistant à faire des paquets-cadeaux dans une boutique de Yonkers. Mais le temps d'y aller et d'en revenir faisait qu'elle aurait mieux fait de devenir prostituée. Ses deux enfants avaient été invités par leur père à skier à Aspen et ensuite à passer deux semaines dans un chalet bloqué par la neige dans la

Bitterroot National Forest, la partie sauvage de l'Idaho.

Elle avait rassemblé ses somnifères. Pendant qu'elle se brossait les dents, elle les vit entassés et prêts à servir dans l'armoire de toilette de sa salle de bains encombrée. Mais même si elle n'avait pas à écrire « S'il vous plaît, ne laissez pas mon chat mourir de faim », toutes les lettres d'adieu auxquelles elle s'était essayée sonnaient faux et sentimental. Si ce devait être ses derniers mots, ils méritaient d'exprimer autre chose que de simples faits. Ou même d'être non expurgés. « Ne payez pas à ce foutu livreur de journaux, qui ne m'a pas livrée deux fois la semaine dernière, plus que les onze dollars que je lui dois. Ne payez pas les quarante dollars que ce fils de pute de plombier me réclame pour avoir tiré la chasse, et qui pense être un don du ciel pour les femmes. Et vous pouvez baiser mon cul en guise d'adieu, vous tous bande d'enfoirés minables de merde. »

Si elle pouvait simplement tenir jusqu'au mois de février et voir la rétrospective Paul Klee ! Si seulement elle pouvait durer jusque-là ? Et ce serait aussi une bonne excuse pour demander à l'homme triste de l'accompagner au vernissage privé. Mais elle trouvait qu'il était si facile de pleurer ces jours-ci qu'elle l'avait fait devant la dame adorable du bureau des abonnements au Musée d'art moderne. Qui si gentiment l'avait accompagnée aux toilettes et lui avait apporté une tasse de café.

Tout ce dont elle avait besoin, c'était d'une bonne chute de neige avec des congères qui la bloqueraient chez elle dans sa solitude. Elle aurait à téléphoner au petit jardinier pour qu'il vienne la dégager. Oh mon Dieu. Une bière à présent au *Town Tavern,* ce ne serait pas si mal. Même Clifford et être gentille avec le petit garçon seraient des distractions bienvenues, si seulement il avait assez de courage pour affronter de nouveau les coups de feu. Et elle aurait bien volontiers baisé, payée ou pas. En passant le balai ou l'aspirateur, ou bien à genoux en train de frotter l'horrible sol orange et marron de sa cuisine. S'envoyer en l'air une dernière fois avant que ses hormones ne lui disent bonne nuit.

Le courrier devenait chaque jour un petit peu plus déprimant. Au milieu des brochures, des circulaires et des factures, le journal des anciennes élèves de Bryn Mawr.

Naissances, morts et mariages. Si elle payait le téléphone et l'électricité en plus du loyer ce mois-ci, elle serait fauchée. Mais ses dépenses étaient infiniment modestes en comparaison de celles de Winnapoopoo, à l'époque où elle se languissait là-bas. Elle ne se mettrait jamais à genoux devant Steve pour lui demander de l'argent. De plus, d'après ce qu'elle avait lu dans une chronique mondaine, son nouveau spectacle comique à mourir de rire provoquait des grognements de protestation et sa ravissante idiote, avec qui il s'était fiancé, s'était envolée pour Nice dans le jet privé d'un autre type.

Cependant, les factures avaient des effets de plus en plus dévastateurs, au fur et à mesure qu'elles restaient impayées et que les menaces de coupure se faisaient pressantes. Mais si elle mettait fin à tout ce cirque à l'instant même, ses enfants seraient responsables de ses dettes. Elle devait s'assurer qu'il y avait assez d'argent pour payer au moins un mois de loyer, les factures impayées et les frais des funérailles avant de pouvoir avaler ses pilules. Et avec ça, ce matin-là, au beau milieu de cette angoisse grandissante, quelqu'un la harcelait. Une lettre recommandée. Sa main tremblait quand le facteur lui demanda sa signature. Et puis, quand elle ouvrit l'enveloppe d'un coup de couteau et plaqua la lettre sur la table, sa main tremblait encore tellement qu'elle renversa du café sur le premier paragraphe.

Mais en dehors du trou qu'elle avait failli faire dans la tête de Clifford, elle n'arrivait pas à se souvenir d'autre chose qui eût requis les services d'un avocat. Ô mon Dieu, Clifford pourrait me poursuivre pour coups et blessures provoquées par sa chute dans l'escalier. Mais cette lettre ne me menace de rien. Les avocats n'ont pas besoin d'être menaçants. Ils le sont par définition. Et ceux-là particulièrement si on peut en juger par l'en-tête. Bureaux à Bruxelles, Londres, Paris, Rome, New York et Washington. Ils seraient heureux de la recevoir le plus tôt possible, à une date et une heure de son choix.

« Heureux » pouvait signifier à peu près n'importe quoi de nos jours dans une lettre officielle. Mais les mots « le plus tôt possible » n'étaient pas de très bon augure. Au moins le problème de téléphoner ne se posait plus pour prendre rendez-vous le jour où elle irait voir l'exposition Chagall au Metropolitan. Le dernier rendez-vous qu'elle pouvait se permettre chez le dentiste l'obligerait peut-être à décaler la visite chez les avocats à trois heures. Peut-être que mon ex-conseiller financier veut me restituer une partie de l'argent qu'il a englouti dans ses investissements foireux et la fortune que son équipe de gloutons de luxe a dépensée au Bristol à Paris ? La note d'un seul dîner s'élevait à huit cent seize dollars et treize cents. Et c'est à peu près tout ce qui me reste au monde avant que le dentiste ne me ratisse complètement.

Elle marchait vers l'East River sur la 45e rue par un froid glacial. À travers cette ville qui ne s'éteint jamais. Lorsque ce fut un jour le cas, brièvement, tout le monde s'était mis à baiser. Passer les portes de cet immense gratte-ciel et pénétrer dans la chaleur tropicale. On peut sentir l'odeur étrange, presque délétère, que semblent avoir les immeubles encore neufs, quand la poussière a disparu et que les premières couches de cire ont été passées sur les sols de marbre. Dans l'atrium en carrelage rose, des plantes vertes et des fleurs. Une fontaine crachant de l'eau au milieu d'un grand bassin dans l'entrée. Un groupe d'ascenseurs à grande vitesse qui vous emmènent directement au soixantième, soixante et unième et soixante-deuxième étages.

Un frisson dans les épaules à la vue d'une dame à l'air raffiné assise sur un banc métallique en train de lire le *New York Times.* De toute évidence sans abri avec ses trois sacs en plastique rassemblés autour d'elle. Mais encore assez fière et digne. Au moins assez pour tenir encore à distance quelqu'un qui lui annoncerait qu'elle doit ficher le camp. Et je monte au dernier étage. Un signe à New York, où plus vous montez, plus vous trouvez d'argent et de pouvoir. Et ce cabinet d'avocats ne pouvait être que prospère. Bien qu'elle n'eût jamais entendu parler d'eux, ils étaient cinq de ces vieux noms new-yorkais bien établis, gravés sur un vélin épais à se casser un ongle. Comme les avocats de sa grand-mère, avec leurs deux cents associés et leur bibliothèque plus grande que celle de Bryn Mawr.

Ascenseur express jusqu'au cinquantième étage. Deux femmes et cinq hommes, mes compagnons d'ascension. Et à en juger par les filles, même si leur goût ne m'impressionne pas, j'ai presque l'air vieux jeu. Les types faisant toutes sortes de subtiles tentatives pour avoir l'air différent de l'avocat moyen, mais s'assurant que leurs pairs puissent reconnaître qu'ils avaient été à Andover, Choate ou Deerfield, où précisément son fils avait été dans l'équipe championne de hockey sur glace.

Elle sentit dans ses tympans la pression de l'altitude, et son cœur qui battait fort et vite dans sa poitrine. L'ascenseur se vidant au soixantième et soixante et unième étages. Elle eut l'impression, en montant seule un étage de plus, d'entrer dans le saint des saints. Et ne pouvant plus suivre la mode depuis deux ans, dans des vêtements tout à fait inadéquats. Jeune je le fus jadis, quand le monde autrefois était là pour que vous puissiez y entrer gracieusement, paraît-il, gardénias jaunes dans les cheveux et crinoline tourbillonnant autour de vos pieds tandis que vous dansiez le fox-trot à travers la salle de bal, seulement pour vous amuser en attendant que tous vos rêves pussent se réaliser.

Mais ce qui s'était réalisé, c'était que ses plus vieilles amies la testaient pour savoir si elle se révélait encore digne d'être fréquentée. Car derrière la réponse à chacun de ses coups de téléphone à des amis, elle entendait : « Je n'ai plus besoin de te voir et si je continue à le faire, tu vas venir m'importuner avec tes problèmes dont je n'ai que faire parce que j'ai déjà les miens. » Est-ce que ceci, au moment où je sors de l'ascenseur dans cette vaste salle d'attente, va encore être de mauvaises nouvelles en provenance de l'inconnu ? Ou de l'« inquantifiable », comme avait l'habitude de dire ma grand-mère. Et au moment où mes vieux os s'effondrent dans un vieux sac, je rassemble ce qui reste d'optimisme à ce moi de plus en plus contrit pour affronter la sévérité de cette sévère secrétaire à la réception. Afin de s'assurer qu'une pauvre âme ou un sans-abri ne vienne flâner dans les nuages.

« Je viens voir M. Sutton, s'il vous plaît. J'ai rendez-vous à trois heures et je crois que je suis en avance de quelques minutes.

— Ah oui, vous êtes madame Jocelyn Jones.

— Oui.

— Madame Jocelyn Guenevere Marchantière Jones ?

— Oui, en effet.

— M. Sutton vous attend. Asseyez-vous, je vous en prie. Il en a pour un instant. »

S'asseoir dans la douce opulence du cuir. Ouvrir un magazine. Photos des têtes réjouies posant sur les pelouses de leurs maisons grandioses ou dans leurs salons. Mon Dieu, est-ce que j'ai bien entendu mon nom en entier, et bien prononcé, comme à l'annonce de la peine de mort dans un tribunal ? J'entends à présent le son presque humain d'un verrou qu'on referme derrière moi. Mais ce grand homme aux cheveux gris ondulés franchit une porte et s'avance vers moi. Traverse le tapis dans un costume de flanelle sport bleu sombre. Main tendue et souriant au moment où il s'incline légèrement, et elle et ses os de plus en plus fragiles dans le sac se lèvent, ils se serrent la main et il tend la sienne vers son coude pour la guider.

« Ravi de vous rencontrer, madame Jones. Je vous remercie d'être venue. Je suis M. Sutton. Par ici, s'il vous plaît. Je vois que vous regardez notre tapis.

— Oui. Il est tout à fait remarquable.

— C'est une tapisserie de Bruxelles. Et ces deux-là, j'ai vu que vous les aviez remarqués aussi.

— Oui.

— Paul Klee. Un original. Et sans aucune intention macabre de notre part, un Charles Addams. Et voici un Edwin Gorey. Il est bon d'avoir de temps en temps une distraction agréable sur nos murs.

— Certainement plus qu'une distraction agréable.

— *Touché**, madame Jones. *Touché**. Oui, je suis entièrement d'accord avec vous. Veuillez entrer, s'il vous plaît. S'il vous plaît. Asseyez-vous là.

— Merci.

— Admirez notre vue sur les Nations unies et, au-delà de l'East River, sur le Queens et, bien entendu, nous avons aussi une vue vers l'ouest, sur le New Jersey, et au-delà sur les Montagnes rocheuses.

— C'est tout à fait stupéfiant.

— Merci. Les jours de beau temps, on peut voir de l'autre côté de Brooklyn et suivre les avions pratiquement jusqu'à l'atterrissage à Kennedy. Puisque nous sommes les premiers locataires et que le propriétaire est un client, nous avons pensé qu'il serait plutôt agréable de s'installer aux

* En français dans le texte.

derniers étages de cet immeuble. Bien, je suppose, madame Jones, que vous n'ignorez pas complètement les raisons pour lesquelles, et pour user d'un mot un peu fort, nous vous avons convoquée ici. Vous êtes, bien entendu, madame Jocelyn Guenevere Marchantière Jones ?

— Oui.

— Ne prenez pas cet air inquiet, je vous en prie.

— Eh bien, je suis en fait un petit peu pressée. C'est aujourd'hui le dernier jour de l'exposition Chagall au Metropolitan. Il faut que je retourne sur Madison et les bus peuvent mettre du temps à remonter l'avenue à cette heure de la journée.

— À descendre et à traverser aussi, madame Jones.

— Oui. Mais je dois avouer que je suis un peu inquiète, pour ne pas dire que j'appréhende de connaître les raisons pour lesquelles vous vouliez me voir.

— Oui, bien entendu. S'il vous plaît, ne soyez pas alarmée par tous ces dossiers. C'est en raison de la nature curieuse de l'affaire, et aussi parce que nous nous devions d'être circonspects en vous prévenant. Mais une partie du mystère est élucidée. Vous êtes très clairement une personne qui aime l'art. Tout comme l'était M. MacDurbrinisky. Voyez-vous, nous ne pouvions pas trouver la moindre trace de votre nom dans ses papiers. Et je suis sûr que vous ne m'en voudrez plus de vous retenir si je vous promets de ne pas le faire plus longtemps qu'il n'est nécessaire. Mais si vous préférez être assistée de votre avocat, nous pourrions convenir d'un autre rendez-vous. Toutefois, si vous le voulez bien, je vais vous communiquer tous les documents nécessaires et vous exposer les points les plus remarquables de l'affaire qui nous occupe. Je suis convaincu que vous voudrez bien écouter ce que j'ai à vous dire et, par conséquent, pourquoi ne pas en venir directement au côté pratique des choses ? J'irai aussi vite que possible. Puis-je vous proposer quelque chose à boire ?

— Non, merci. Mais qu'ai-je bien pu faire ?

— Madame Jones, je sais que ceci va vous paraître choquant, particulièrement la très grande étendue des biens. Mais il n'y a vraiment aucune raison de vous alarmer. Nous agissons en tant qu'unique exécuteur testamentaire de M. MacDurbrinisky. À présent, comme vous pouvez le savoir, M. MacDurbrinisky étant un monsieur très peu porté à la communication et pour ainsi dire très secret, peu de gens étaient au courant de l'étendue de ses activités d'homme d'affaires, activités qui comprenaient bien plus que l'industrie du vêtement et ses principaux produits manufacturés de lingerie et de bonneterie.

— Monsieur Sutton. Je crois vraiment devoir vous dire que je ne sais pas de quoi vous parlez ou en quoi cela me concerne.

— Ah, mais nous y sommes presque. Comme vous le savez ou ne le savez pas, M. MacDurbrinisky était aussi le financier fondateur et le pourvoyeur de fonds de plusieurs sociétés américaines maintenant bien connues, particulièrement pour leurs opérations dans le domaine de l'électronique, des banques anglaises et de l'industrie des ordinateurs. Ce qui explique comment une entreprise de manufacture du vêtement relativement peu importante, beaucoup moins importante, disons, que Mitchell Brothers, ait pu faire de M. MacDurbrinisky un homme aussi fortuné. M. MacDurbrinisky, comme vous le savez, souffrait depuis longtemps d'une maladie rénale, et il a vendu la totalité de ses intérêts avant sa mort. Et fort heureusement, semble-t-il, au prix le plus fort du marché. Ce sera donc pour vous une révélation d'apprendre que, pour autant qu'on puisse à ce jour estimer les biens de M. MacDurbrinisky, ceux-ci pourraient s'élever, une fois confirmation obtenue, à un total de vingt-huit millions de dollars environ pour ce qui a déjà été comptabilisé. Et il nous est possible d'annoncer que nous comptons encore. Oui. Je peux voir que vous êtes très surprise. Nous le sommes aussi.

— Je vous serais reconnaissante, monsieur Sutton, de bien vouloir me dire, s'il vous plaît, de quoi il s'agit. Je serais flattée d'être considérée comme candidate, mais j'espère que tout ceci n'est pas une couverture pour la traite des blanches. Et que je ne devrais pas me préparer à courir vers l'ascenseur.

— Ah, Ah, je vois bien maintenant pour quelle raison vous et M. MacDurbrinisky étiez amis, et vous devez donc en savoir plus qu'un peu sur ses opérations.

— M. MacDurbrinisky et moi ne sommes pas amis. Je ne sais rien de ses opérations.

— Je vois. Ah. Bien. Aucune importance. Il agissait, c'est vrai, de manière très confidentielle. Et pourrait être considéré, j'imagine, et si vous me pardonnez ma franchise, comme un homme plutôt grincheux et archiconservateur, eu égard à sa fortune considérable. Comme vous le savez, il y a des gens qui seraient tentés d'utiliser des mots bien plus forts à l'endroit de M. MacDurbrinisky et de son côté grippe-sou, mais on ne doit pas dire de mal des morts. Bien entendu, comme vous le savez, il n'était guère aimé, et il y a eu en effet, comme vous le savez aussi, des litiges longs et pénibles dans la famille il y a quelques années, tous réglés heureusement, même si les réclamations et menaces habituelles ont été déposées et proférées, malgré leur caractère totalement inconsistant. Ce qui vous permet de comprendre, je suppose, la manière inédite choisie par M. MacDurbrinisky pour léguer sa fortune, qui devrait se révéler, j'espère à votre satisfaction, madame Jones, avoir les résultats les plus avantageux pour vous. En fait, de manière assez semblable à un cas qui, je crois, s'est produit il n'y a pas si longtemps. Et qui doit se produire secrètement, plus souvent que nous ne le pensons, dans toute l'Amérique.

— J'ai peur, monsieur Sutton, si je puis vous interrompre de nouveau, de ne pas connaître le cas présent ou passé auquel vous faites allusion. J'écoute attentivement, à la recherche d'un indice sur la signification de tout cela, mais je n'ai toujours pas la moindre idée de ce que M. MacDurbrinisky a à voir avec moi.

— Oh, mais vous étiez une relation de M. MacDurbrinisky.

— Je suis désolée mais, à moins d'être en train de vivre une étrange réincarnation, je n'ai jamais rencontré cet homme de ma vie, pas même entendu parler de lui.

— Je vois.

— Et franchement, je n'ai pas la moindre idée de la raison pour laquelle je suis ici ou de ce que tout cela peut vouloir dire. Je ne pense pas avoir une énorme facture de lingerie en souffrance. En fait, je suis là dans votre bureau à me demander ce que j'ai bien pu faire de mal et pour quelles raisons je vais être poursuivie. Et combien cela va me coûter, dans le cas d'un procès ou dans celui d'un arrangement. Ce qui n'a en fait aucune importance dans la mesure où je n'ai pas un sou.

— Je vois. Pardonnez mon petit rire, mais vous êtes bien loin de risquer la moindre poursuite. Ou le moindre débours, si ce n'est nos honoraires en tant qu'exécuteurs testamentaires, à valoir sur la succession.

— Monsieur Sutton, je suis à peu près sûre qu'il y a erreur sur la personne et c'est à quelqu'un d'autre que vous devriez dire ce que vous me racontez. Et si vous voulez bien m'excuser, je crois vraiment que je devrais m'en aller.

— S'il vous plaît, madame Jones, pardonnez-moi de suggérer que vous restiez. Bien entendu, vous êtes parfaitement libre de vous en aller, mais je ne vous le conseille pas. Nous sommes impatients de trouver une conclusion dans cette affaire et je pense que vous verrez pourquoi quand vous aurez entendu tout ce que j'ai à dire. Mais je vois bien qu'un éclaircissement s'impose. Et vous comprendrez, j'en suis sûr, pourquoi il était présumé que vous eussiez connu M. MacDurbrinisky.

— Eh bien, je le connais pas. Ni personne portant un nom y ressemblant.

— M. Durbrinisky, qui était Juif d'origine russe, pensait que le Mac devant le nom de Durbrinisky l'aiderait à se sentir plus intégré lors de la parade de la Saint-Patrick qu'il ne manquait jamais de regarder depuis les fenêtres de son appartement sur la 5e avenue. C'était une petite plaisanterie, bien entendu. Je suis sûr qu'il avait d'autres raisons. Je suis désolé, madame Jones, je vois que cela ne vous amuse guère.

— Non. En fait, cela ne m'amuse pas. Non que ce ne soit pas drôle, mais parce que j'ai franchement une peur bleue de ce qui est en train de se passer.

— Je vous prie de m'excuser. Voyez-vous, bien que rien ne nous ait indiqué une possible relation, nous étions convaincus de l'existence d'un lien entre M. MacDurbrinisky et vous. Et je suis désolé que nous ayons fait une telle supposition et provoqué, c'est clair, une telle appréhension chez vous.

— Oui. C'est exact.

— Bien, passons donc aux choses sérieuses et venons-en à ce qu'il est convenu d'appeler le cœur du problème. Déduction faite de certaines dépenses relatives à ses funérailles et de quelques autres dettes et frais mineurs, vous êtes, avec sa gouvernante Mme Kelly, l'unique légataire dans la succession de M. MacDurbrinisky, héritant ainsi de tout ce qui était en sa possession au moment de sa mort, ce qui inclut toute propriété réelle, matérielle et intellectuelle comptabilisée par nous à ce jour. Voyez-vous, nous aurions dû prendre contact avec vous au plus tôt après la mort de M. MacDurbrinisky, mais il nous a fallu auparavant traiter deux revendications importunes, ainsi que le problème d'un autre nom sur le registre de condoléances qui s'est révélé, après enquête, être une invention.

— Ô mon Dieu, je ne peux pas le croire.

— Bien, si vous le permettez, madame Jones, je continue. Simplement pour signaler à votre attention des points dont vous devriez avoir connaissance immédiatement, et d'autres pour lesquels il est nécessaire que vous soyez prévenue. La succession inclut un appartement de onze pièces avec son mobilier sur la 5e avenue. Pas très loin du Metropolitan, en fait. Peut-être plus près de la Frick Collection, ce que vous trouverez, si je puis me permettre, beaucoup plus plaisant. Et à ce propos, le grand salon, la bibliothèque qui est d'une élégance exceptionnelle et qui ne manque pas de subtilité, mais je vous épargne les détails aujourd'hui, et le bureau de M. MacDurbrinisky et la grande chambre à coucher, tout cela donne sur le parc et abrite sa collection d'art. En plus des onze pièces, il faut compter la partie domestique de l'appartement, qui comprend trois chambres et deux salles de bains et qui est indépendante. Mme Kelly, d'origine irlandaise et de longue date gouvernante de M. MacDurbrinisky, y réside en ce moment et s'occupe de l'appartement. Elle a hérité dans un premier temps de cent soixante-quinze mille dollars. La garder à votre service est à votre entière discrétion, mais elle aura droit à cent soixante-quinze mille dollars supplémentaires si, pour une raison ou une autre, vous décidiez de ne plus l'employer ou, si vous la gardiez, au moment de sa retraite. Il y a aussi une Rolls Royce qui est garée dans le garage de l'immeuble, de l'autre côté de la rue. Là encore, il ne tient qu'à vous de garder ou de congédier Steve, le chauffeur à temps partiel qui travaille aussi dans le garage. Il y a un chalet pour la pêche dans le nord de l'État de New York, comté de Putnam, avec deux cents hectares environ de forêts et un lac privé de trente-neuf hectares, sur lequel M. MacDurbrinisky avait l'habitude d'aller pêcher. Vous disposerez aussi des onze cryptes du mausolée de M. MacDurbrinisky au cimetière de Woodlawn, lui-même occupant la douzième. Il se trouve que c'est un des derniers mausolées construits dans le cimetière, et il est considéré comme une véritable réussite architecturale.

— Si c'est là la conception particulièrement bizarre que quelqu'un se fait d'une bonne plaisanterie, je la trouve totalement tordue. Et si ce n'est pas une plaisanterie, vous ne parlez pas à la bonne personne. J'ai vraiment le sentiment que tout ceci est allé beaucoup trop loin.

— Madame Jones, s'il vous plaît. Rasseyez-vous, je vous en prie. Je puis vous assurer qu'il ne s'agit pas d'une plaisanterie. Je suis un associé de la première heure dans ce cabinet. Mon temps est compté et en fait évalué très précisément à trois cent soixante-quinze dollars de l'heure. Et je puis vous assurer de surcroît qu'il n'est pas en général employé à des tâches frivoles ou sans importance. Toutefois, je suis entièrement disposé à discuter plus amplement de ces questions avec un conseiller légal de votre choix.

— Mais tout ceci m'a l'air parfaitement ridicule. Comme si j'étais sur le point d'être arrêtée ou condamnée pour imposture.

— Pas si vous êtes vraiment Jocelyn Guenevere Marchantière Jones, ayant résidé successivement au 17, Winnapoopoo Road, puis appartement 6B, 94 Riverview Apartments, Riverview Road, Scarsdale, et à présent au 47, Oneidadeen Avenue, Yonkers. Cette dernière adresse étant celle figurant dans le registre de condoléances du Memorial Funeral Home où reposait M. MacDurbrinisky avant que l'on ne procède à son enterrement au cimetière de Woodlawn dans le Bronx. Et honnêtement, je vous assure qu'il ne s'agit en aucune façon d'une plaisanterie.

— Ô mon Dieu. C'est donc vrai, n'est-ce pas ?

— Oui, madame Jones, c'est vrai. Absolument vrai. Et comme je l'avais prévu, c'est pour vous, si je comprends bien, un choc.

— Eh bien, même si je n'arrive pas encore à y croire, c'est mieux que si vous m'annonciez que je vais être traînée en justice.

— Dois-je comprendre, madame Jones, que vous êtes prête à m'écouter un peu plus longtemps ?

— Eh bien, je suppose. Et pourrais-je avoir un verre d'eau, s'il vous plaît ?

— Mais bien entendu. Laissez-moi vous servir. Voici. Donc, je continue. Et vous me saurez gré de passer rapidement sur le plus terre à terre. Toutefois, il me faut attirer votre attention sur le fait que le temps est d'une importance capitale, dans la mesure où vous êtes aussi en possession d'un immeuble de rapport — non négligeable — sur la 51e rue, à propos duquel des offres intéressantes ont été faites récemment, en vue de le surélever. En fait, d'un montant presque équivalent au bien lui-même.

— Vous voulez vraiment dire que tout cela va m'appartenir ?

— Vous appartient déjà, madame Jones. Voyez-vous, les biens de M. MacDurbrinisky devaient, conformément à son testament, être également répartis entre les personnes dont les noms figureraient sur le registre de condoléances. Et votre nom, madame Jones, en dehors du nom inventé, était le seul inscrit. Vous noterez que le contenu du testament n'était connu que de moi et d'un autre vieil associé du cabinet, et ni lui ni moi ne sommes allés au Memorial Funeral Home, cela va sans dire. Et je suppose que cela pourrait peut-être vous rassurer un peu plus si je vous disais maintenant que je trouve tout à fait possible et compréhensible que vous ne soyez pas une relation de M. MacDurbrinisky. Bien qu'il fût d'une honorabilité insoupçonnable, M. MacDurbrinisky était un homme très peu aimé, pour ne pas dire quelque chose de plus fort ou de plus désagréable. Il appréciait aussi les dames. Et certainement, si je puis me permettre, les dames séduisantes et élégantes comme vous l'êtes vous-même. Et je dois admettre avoir cru qu'il y avait un lien personnel de cet ordre. Quoi qu'il en soit, vous étiez la seule personne, en dehors de celle qui a utilisé ce faux nom et cette fausse adresse et qu'il est impossible de retrouver, la seule à avoir rendu un dernier hommage à M. MacDurbrinisky ou à avoir, conformément à ce qui se trouve être les termes les plus importants du testament de M. MacDurbrinisky, inscrit votre nom et votre adresse sur le registre de condoléances. Je vous prie de m'excuser à présent si cela, en raison de sa nature un peu inhabituelle, vous a causé le moindre souci et a pris tant de votre temps.

— Je suis encore, j'en ai peur, incapable de croire que tout cela est vrai.

— C'est tout à fait compréhensible, madame Jones. Et je renouvelle mes excuses pour vous avoir gardée si longtemps. Mais d'une certaine façon, pour vous prouver la véracité de l'affaire et vous permettre de vous rendre au Met avant la fermeture, laissez-moi essayer d'appeler Steve, le chauffeur de M. MacDurbrinisky. Excusez-moi. Mademoiselle Jinks, voyez si vous pouvez joindre Steve, qui travaille au garage où se trouve la voiture de M. MacDurbrinisky, pour qu'il conduise Mme Jones au Metropolitan. Steve ne devrait pas tarder à arriver avec votre voiture et je ne vois pas pourquoi vous n'en profiteriez pas immédiatement. Il se peut que vous n'alliez pas beaucoup plus vite, mais ce sera sans aucun doute beaucoup plus confortable. Ah, Steve. S'il vous plaît. Oui. Monsieur Sutton. Steve, Mme Jones qui est ici avec nous est entrée en possession de la voiture de M. MacDurbrinisky et souhaite se rendre au Metropolitan Museum, au coin de la 81e rue, le plus rapidement possible. Très bien, à mon bureau. C'est parfait.

— Monsieur Sutton, excusez-moi. J'ai l'impression de vous mettre inutilement à contribution.

— Cela fait partie de mon travail, rassurez-vous. Et sans avoir l'air trop mercenaire, je voudrais aussi vous assurer, madame Jones, que nos honoraires constitueront une très honnête compensation. En effet, ah ! ah ! vous pourriez avoir le vertige en voyant le montant. Toutefois, si vous arriviez en retard au Metropolitan aujourd'hui, madame Jones, je suis sûr que le directeur, un homme tout à fait charmant, qui se trouve être un ami et à qui vous pourriez proposer une modeste contribution, serait ravi de vous proposer une visite privée après la fermeture. Mais votre voiture devrait être là très vite. Que se passe-t-il, madame Jones ? Vous ne vous sentez pas bien ?

— Je suis désolée. J'imagine que tout cela est un peu éprouvant.

— Je comprends parfaitement. Et j'espère que vous ne trouverez pas mal venu que je vous dise maintenant que nous serions très heureux si vous vouliez nous confier la défense de vos intérêts, quels qu'ils soient. Tout en comprenant bien entendu que vous souhaitez peut-être recourir à vos propres avocats. Ô mon Dieu, madame Jones, vous ne vous sentez pas bien ?

— Non.

— Oh mon Dieu, vous êtes bien secouée par tout cela, je vois. Voulez-vous que je vous conduise aux toilettes ?

— S'il vous plaît. Si vous permettez. Et, je vous en prie, annulez la voiture. Je vais rentrer chez moi en train.

— Mais naturellement. Je comprends parfaitement, madame Jones. »

Conduite aux toilettes par la secrétaire de la réception, Mme Jones fit pipi dans cet endroit confortable et immaculé. M. Sutton, passant devant les bureaux de ses secrétaires en prenant les messages qui lui étaient tendus, la reconduisit à l'ascenseur, l'encourageant d'une petite tape sur l'épaule au moment où les portes coulissèrent silencieusement, et s'inclina en souriant pour lui dire au revoir alors qu'elles se refermaient. Elle avait le numéro de sa ligne directe et il lui avait recommandé de l'appeler à tout moment, fût-elle à Paris, Rome ou New York, si elle avait besoin d'aide ou du moindre conseil.

Elle descendit les soixante-deux étages et traversa le hall d'entrée. La digne dame aux sacs de plastique était partie. Quelqu'un avait dû venir lui dire de ficher le camp. Elle se demandait si M. Sutton savait qu'elle transportait son calibre 38 qui avait fait un bruit sourd quand elle avait, à un moment donné, posé son sac à main sur le bureau. Mais elle se demandait encore plus comment il se pouvait que ce fût toujours elle qui de nouveau sortait dans la rue, prête à arpenter le pavé, propriétaire de tout un immeuble d'appartements au beau milieu de cette ville, avec des gens vivants qui y habitaient.

Trafic intense en direction du haut de la ville. Les trottoirs noirs de monde. Une Rolls Royce grise et resplendissante garée le long du trottoir, un homme basané en manteau sombre et casquette observant les visages, s'avançant au moment où elle sortait de l'immeuble et croisait brièvement son regard inquisiteur. Le nom de Steve sur ses lèvres mais pas le moindre son ne s'échappe. Le nom de son mari identique à celui du chauffeur. Quelqu'un à qui elle pouvait dire à présent « à droite » ou « à gauche », demander de ralentir, ordonner de s'arrêter ou d'accélérer, ou même lui dire : « Vous êtes viré. » Ce serait la chose à faire pour une dame que d'appeler M. Sutton pour l'informer que Steve était peut-être déjà arrivé, qu'il le remercie d'être venu et lui dise de ne pas attendre.

En chemin, au milieu des ombres anonymes et hostiles de la 45e rue en direction de la gare de Grand Central, elle acheta un bretzel à un marchand ambulant au coin de la rue. À garder pour grignoter dans le train. Les pieds et les jambes glacés, se sentant envahie par un hymne funèbre et un destin funeste. Elle entendait de nouveau les thèmes des chœurs de Bortniansky et revoyait la tête et le pince-nez sur ce corps dans le cercueil. En se dirigeant vers l'ascenseur, M. Sutton avait dit qu'elle était à présent l'heureuse propriétaire d'une des plus grandes collections d'art pornographique de la ville. Elle aurait dû sourire à cette pensée. Cela n'avait fait que renforcer son impression de solitude dans des proportions jamais ressenties auparavant.

Serrant dans sa main trois pièces de vingt-cinq cents et passant sous l'immense voûte de Grand Central décorée d'étoiles, elle se souvint des courageux personnages à la langue bien pendue qui étaient venus dans cette ville pour protester contre le projet de démolition de ce massif monument. Pour sauver cette cathédrale consacrée à l'adoration des trains et des voyages. Dans cette ville où la grandeur résidait en effet dans les bâtiments, et où personne n'avait encore jamais vraiment songé à sauver quelque chose. Où les fondations des gratte-ciel s'enfoncent profondément dans la pierre de cette Bourse insulaire, où tant de riches peuvent s'abriter secrètement dans leurs bastions protégés par des portiers. Amen.

Tout cela la hantait encore tandis qu'elle descendait vers le quai 14 pour prendre le train de White Plains de quatre heures quarante-cinq en direction de Scarsdale. Terrifiée par la vacuité absolue de ses pensées. Mais ne ressentant ni désespoir ni chagrin. Simplement l'incursion de son intimité dans la mort d'un autre envahissant la sienne. Qui pouvait venir à présent. Enfin. Je peux prendre mes somnifères. Le loyer et les factures du mois prochain sont payés. Faire mon testament. Donner jusqu'au dernier sou pour qu'on abrite les dignes et indigents sans-abri de New York.

Pour qu'ils dorment au chaud et reposent en paix.

Elle s'assit du côté gauche du train. La pleine lune se lève ce soir au retour vers la maison sur le Metro North et ce qui fut autrefois la Division Yonkers de la ligne pour New York Central. Toute une dimension sociale. Les gens passent dix pour cent de leur vie à aller et venir dans ces trains. Les Noirs qui viennent de Scarsdale descendent à Mount Vernon ou à la 125e rue. Les histoires des types qui retrouvent chaque jour leurs petites amies ou leurs maîtresses dans le train. Il y a des années, on racontait que vous pouviez choisir de voyager de face ou de dos en tirant vers vous, dans un sens ou dans l'autre, sur la poignée de cuivre des sièges en osier. Et elle fut même abordée par un contrôleur qui avait fini par la connaître et lui avait dit un matin : « Vous pouvez m'appeler Dick, madame, mais mon nom est Dick Borst. » Mais elle n'avait jamais pu dire : « Bonjour Dick. » Seulement : « Bonjour monsieur Borst. »

Les gares qui défilent, le train en direction du nord. Fordham, les Jardins botaniques et Williamsbridge. À travers la fenêtre sale et décolorée, elle pouvait à peine deviner les formes blanches et ombrées des tombes et des mausolées, sur la colline du cimetière de Woodlawn. Supporterait-elle d'être placée sous une dalle dans un sépulcre contenant déjà son bienfaiteur, M. MacDurbrinisky ? Oui. Pourquoi pas ? Il avait tout à fait l'air d'un gentleman, en chemise de soie blanche avec épingle de cravate. Elle avait lu autrefois les souvenirs d'un type du Bronx. L'histoire d'un petit garçon qui disait être payé vingt-cinq cents pour porter les fleurs sur les tombes quand les gens qui passaient avec leurs bouquets trouvaient que c'était trop loin dans le cimetière. Ce qui se passait alors dans le monde était étrange. Elle avait aussi entendu qu'il y avait le fantôme d'une dame flottant dans ses voiles et qu'on voyait par les nuits de brouillard, l'hiver, le long de Webster Avenue désertée, attendant devant le mur du cimetière, près de la grande grille noire. Et des voitures s'étaient arrêtées pour l'aborder. Puis de s'apercevoir tout à coup qu'elle avait disparu.

Ce qui se passait dans le monde à présent, c'était le clic-clac rugissant du train dans la nuit brillante de froid. Il allait peut-être neiger. Et pas de doute qu'elle aurait un jour de plus. Même à l'âge de vingt-deux ans, elle essayait déjà de trouver des moyens de ne pas avoir l'air plus vieille. Et maintenant elle était plus vieille, ignorée et trahie. Quand l'amour s'en va, il est impossible de le rattraper. Et si ce rêve était vrai, il serait insupportable de découvrir qu'on avait de nouveau des amis.

Qui était-elle à présent? Une dame privilégiée. Qui n'avait pas à plaire, à tromper ou à cajoler. Qui pouvait se permettre de ne pas être une putain ou une nonne. En descendant du train ce soir, le type au manteau militaire gris l'a saluée de son chapeau mou. A proposé de la raccompagner dans sa voiture. Il avait l'air un peu ivre. Et en descendant du train, pendant qu'elle attendait un taxi, elle a vu de nouveau la fille aux menottes derrière la fenêtre de la maison de Winnapoopoo Road. Elle était escortée de deux gardes du corps. Elle avait l'air hagard et terrifié. Et ils l'ont fait monter à l'arrière d'une grande limousine noire qui est partie à toute vitesse.

Si elle téléphonait à l'homme triste qui avait perdu sa famille dans l'accident d'avion, il dirait : « Eh bien, bonsoir, j'allais justement vous appeler. » Est-ce que ce serait vrai un jour? Quelqu'un qui dirait : « J'allais justement vous appeler. » Afin de vous demander : « Aimeriez-vous sortir quelque part? » Ce qui serait absolument vrai, c'était qu'elle ferait attendre le taxi pendant qu'elle achèterait un carton de lait, du salami, de la salade, du fromage et une bouteille de bière à l'épicerie. Cela lui coûterait trois ou quatre dollars, ou peut-être même plus de cinq. Et encore des dollars pour le taxi.

Mais ce soir, peu importait le prix, elle achèterait deux bouteilles de bière. Qu'elle boirait seule à la lumière des bougies. Et puis au lit de bonne heure. Et tout ça est incroyable. Quoique sur une note plus légère. Comme lorsque quelqu'un se permet le luxe de recommencer sa vie.

Tout ce à quoi on pense
C'est
À y mettre fin.

DANS LA MÊME COLLECTION

ANDERSON Alston
Le Tombeur

ASCH Sholem
Marie, mère de Jésus

BANG Hermann
Katinka

BASSING Eileen
Retour avant la nuit

BERNLEF J.
Chimères
Secret public

BEYER Marcel
Voix de la nuit

BLACKBURN Julia
Daisy et les aborigènes
Le Livre des sortilèges

BLASCO IBÁÑEZ Vicente
Arènes sanglantes
Mare Nostrum
Terres maudites

BOJER Johan
(Prix Nobel)
Le Dernier Viking
L'Apprenti

BORNEMARK Kjell-Olof
La Roulette suédoise

BOROWSKI Tadeusz
Le Monde de pierre

BOWEN John
Les Filles

BRYCE ECHENIQUE Alfredo
Julius

CANIN Ethan
Le Voleur du palais

ČAPEK Karel
L'Affaire Selvin

COTRONEO Roberto
Presto con fuoco

D'ANNUNZIO Gabriele
Laus vitae
L'Enfant de volupté

DELMAR Vina
Belle Aimée

DJILAS Milovan
L'Exécution

DONOSO José
Ce lieu sans limites
Ce dimanche-là
Casa de campo
Le Couronnement
Le Jardin d'à côté

DUNCKER Patricia
La Folie Foucault

FASCHINGER Lilian
Magdalena pécheresse

FEUCHTWANGER Lion
Le Roman de Goya
La Juive de Tolède

GALSWORTHY John
(Prix Nobel)
La Dynastie des Forsyte

GOLD Herbert
Le Voyage de Grack
Pères

GORENSTEIN Friedrich
Scriabine

GORKI Maxime
Ma vie d'enfant
En gagnant mon pain

GREGOR-DELLIN Martin
Le Réverbère

HAMSUN Knut
(Prix Nobel)
Mystères
Le Dernier Chapitre
Victoria
Sous l'étoile d'automne
La Dernière Joie
Un vagabond joue en sourdine
Benoni
Rosa
Sur les sentiers où l'herbe repousse
Femmes à la fontaine
Enfants de leur temps
La Ville de Segelfoss
Pan
Esclaves de l'amour
Rêveurs
Le cercle s'est refermé
Auguste le marin
L'Éveil de la glèbe
Mais la vie continue

HAZAZ Haïm
Dans un même carcan

HESSE Hermann
(Prix Nobel)
Le Loup des steppes
Le Voyage en Orient
Narcisse et Goldmund
Peter Camenzind
Le Jeu des perles de verre
Gertrude
L'Ornière
Rosshalde
Knulp
Le Dernier Été de Klingsor
Enfance d'un magicien
Les Frères du soleil
Berthold
La Leçon interrompue
Une petite ville d'autrefois
La Conversion de Casanova
Le Poète chinois
Fiançailles
Souvenirs d'un Européen
Contes merveilleux
Histoires d'amour

HOFFMANN Gert
Le Bonheur

ISHIGURO Kazuo
L'Inconsolé

JAMES Henry
Les Dépouilles de Poynton

JOLLEY Elisabeth
Le Mensonge

KASACK Hermann
La Ville au-delà du fleuve

KAZAN Elia
America America

KOESTLER Arthur
Croisade sans croix
Le Zéro et l'Infini
Les hommes ont soif
La Corde raide
Les Hiéroglyphes
Les Call-Girls
Spartacus

KOESTLER Arthur et Cynthia
L'Étranger du square

KOVIC Ron
Né un 4 juillet

KRLEZA Miroslav
Le Retour de Philippe Latinovicz
Banquet en Blithuanie
Mars Dieu croate

LAWRENCE D.H.
Le Paon blanc
Mr. Noon

LERNET-HOLENIA
Alexandre
Le Régiment des Deux-Siciles

LEROI Jones
La Mort d'Horacio Alger
Le Système de l'enfer de Dante

LISH Gordon
Dear Mr. Capote
Le Deuil aux trousses

MANN Mendel
Sur la Vistule
Le Village abandonné
Les Gens de Tiengouchai
La Tour de Gengis Khan

MENEGHELLO Luigi
Les Petits Maîtres

MERAY Tibor
Le Dernier Rapport

MORLEY Helena
Journal

MOSSINSOHN Igal
Judas

MULISCH Harry
L'Attentat
Les Noces de pierre

NESVABDA Josef
La Découverte du docteur Dong

NOOTEBOOM Cees
Rituels
Dans les montagnes des Pays-Bas
Philippe et les autres

OTERO SILVA Miguel
Et retenez vos larmes
Lope de Aguirre, prince de la liberté

OZ Amos
Ailleurs peut-être
Mon Michaël
Jusqu'à la mort
Toucher l'eau, toucher le vent
La Colline de mauvais conseil
Un juste repos
La Boîte noire
(Prix Fémina Étranger)
Connaître une femme
La Troisième Sphère
Ne dis pas la nuit
Une panthère dans la cave

PALMER Thomas
La Nuit des dupes

PERCY Walker
L'Amour parmi les ruines
Les Signes de l'Apocalypse

PIRANDELLO Luigi
(Prix Nobel)
Feu Mathias Pascal

POTOK Chaïm
L'Élu

RAO Raja
La Chatte et Shakespeare
suivi de *Camarade Kirillov*

RICHLER Mordecai
Gursky

RICHTER Conrad
La Grande Dame

ROBERTS Michèle
Chair de ma chair

ROTH Joseph
Le Poids de la grâce

RUESCH Hans
Le Soleil dans la poche
La Soif noire

SCHNEIDER Robert
Frère sommeil
(Prix Médicis Étranger)

SCHNITZLER Arthur
Les Dernières Cartes

Thérèse
Le Lieutenant Gustel

SEGEDIN Petar
Les Enfants de Dieu

SHALEV Meir
Pour l'amour de Judith

SHIELDS Carol
Swann
La République de l'amour
La Mémoire des pierres
(Prix Pulitzer)

SILONE Ignazio
L'Aventure d'un pauvre chrétien

SIMPSON Mona
L'Ombre du père

SORIANO Osvaldo
Quartiers d'hiver

TCHEKHOV Anton
Quatre Nouvelles

TCHOUKOVSKAIA Lydia
La Plongée
La Maison déserte

TERAYAMA Shuji
Devant mes yeux, le désert

THACKERAY William
Mémoires d'un valet de pied

THEROUX Paul
Mosquito Coast
Escort Girl
O-Zone

TORBERG Friedrich
Me voici, père

TYLER Anne
Saint Lendemain
Leçons de conduite

WALSHE Robert
L'Œuvre du Gallois

WESCOTT Glenway
Le Faucon pèlerin

WIECHERT Ernst
Les Enfants Jéromine
Missa sine nomine
La Grande Permission
L'Enfant élu
La Commandante
Le Capitaine de Capharnaüm

WODIN Natascha
La Ville de verre

WOOLF Virginia
Les Vagues

WOUK Herman
Ouragan sur DMS « Caine »

YEHOSHUA Avraham B.
L'Amant
Au début de l'été 1970
Un divorce tardif
L'Année des cinq saisons
Monsieur Mani
Shiva

ZWAGERMAN Joost
La Chambre sous-marine

Cet ouvrage a été imprimé par la
SOCIÉTÉ NOUVELLE FIRMIN-DIDOT
(Mesnil-sur-l'Estrée)
pour le compte des Éditions Calmann-Lévy
3, rue Auber, Paris 9e
en avril 1998

Photocomposition CMB *Graphic*
à Saint-Herblain

Imprimé en France
Dépôt légal : avril 1998
N° d'édition : 12594/05 - N° d'impression : 42588